Den Lysende Planet

Hannah Klinge

Den Lysende Planet

2022

Forlag: BoD – Books on Demand, Hellerup, Danmark
Tryk: BoD – Books on Demand, Norderstedt, Tyskland
ISBN: 978-87-4304-831-2

Forord

Gad vide, hvor mange internationale resolutionstekster, der har fået så megen opmærksomhed som de 17 verdensmål. Jeg taler om de sytten bæredygtighedsmål, der blev vedtaget af FN's generalforsamling den 25. september 2015, og som formelt hedder: R 70/1: Transforming our world. Undertiden også kaldet Agenda 2030.

Alle de 193 medlemslandes stats-og regeringschefer stemte Ja til de 17 verdensmål. Jeg ser ikke andre tekster, der er blevet gjort til genstand for så mange foredrag, artikler, konferencer, semi- og webinarer, vedtagelser, bøger, kurser – og så nu, og det er fantastisk: kunstnerisk opmærksomhed i form af digte, skulpturer, installationer, essays, fortællinger, sange, teater, billeder, fotos, malerier og meget andet – og så nu: Et eventyr.

Og det er sådan en vidunderlig kunstnerisk præstation, der her foreligger med Hannah Klinges *Den Lysende Planet*. Suzanne Brøgger skrev i en mail til mig om Hannah og bogen:
"Det er en fortryllende pige, du kender, med en original, vigtig bog, der virkelig fortjener at komme ud i verden, i skolerne ikke mindst". Jeg fik lov at citere fra Suzanne Brøggers mail, og det gør jeg med stor glæde her, for tydeligere og smukkere kan det ikke siges. Det er en original og vigtig bog, og det er fuldstændig rigtigt: Skolerne, børnene, er så uendelig

vigtige i denne sammenhæng, ja i alle sammen-
hænge. Og det dybe og alvorlige her er jo, at vi taler
om den verden, som vore børn skal leve i, som vore
børn skal overtage, og som vi har til låns. Og vi siger
så ofte: Vi skal give en bedre verden videre til vore
børn, end den verden vi overtog. Det er let at sige,
men hvad betyder det? Hvad betyder ordet "bedre"?
Hvad er det for en bedre verden, vi taler om? Ja, det
siger verdensmålene og *Den Lysende Planet* noget
om. Ja, det er det, verdensmålene og *Den Lysende
Planet* handler om, eller i hvert fald også handler om.
En bedre og anden verden.

Det særligt interessante ved *Den Lysende Planet* er,
at Hannah Klinge forholder sig til FN's 17 alignments
- *transforming ourselves to transform the world*,
der handler om, at vores indre verden, vores tanker,
følelser og idéer skaber den ydre verden. For at bi-
drage til verdens positive udvikling må vi derfor hver
især forholde os til vores indre udvikling.

Jeg ønsker alt godt for planeten Jorden og for Den
Lysende Planet. Det har været en ære og en stor
glæde at læse og få lov til på denne måde at anbefale
bogen.

Frederiksberg, den 1. juli 2021
Steen Hildebrandt
Professor emeritus, PhD

Den Lysende Planet

1

Planeten strålede med sådan en varme, at den ydmygt fangede dens beundreres fulde opmærksomhed. Et sted i universet blomstrede og lyste den smukkere dag for dag. Den udstrålede en kærlighed, der var så oprigtig, at enhver med ét følte sig velkommen, blot ved synet af den.

Orion lænede hovedet tilbage og kiggede drømmende ud ad det lille vindue i loftet. Det, han så, kunne han ikke beskrive med de fattige ord, som altid viste sig at være utilstrækkelige, når han nåede hertil. Orion afsluttede den sidste sætning "blot ved synet af den" på papiret med et punktum, uden at føle, at den var fuldendt. Han sukkede og rejste sig fra stolen foran skrivebordet, som han brugte det meste af sin tid ved.

Det gamle skrivebord stod som centrum omkranset af atten vægge, der tilsammen formede Orions hus som en stjerne. Ikke at Orion nogensinde havde tænkt over dette, for det var svært at overskue indefra. Han havde aldrig bevæget sig ud på den anden side af stjernens vægge og kendte kun til den sandhed, han kunne se gennem loftsvinduet.

Hvad han så, havde han skrevet utallige ord, utallige tanker om. Hans bøger fyldte rummet op fra gulv til loft og gjorde det snart umuligt for Orion at se, hvad der befandt sig udenfor i det ukendte, hvis han ønskede det. Alligevel kunne Orion ikke finde en eneste tilfredsstillende sætning i sine mange bøger, der beskrev den lysende planet.

Han havde, så længe han kunne huske, spekuleret over denne planets eksistens. På dens fortids historie. Om den altid havde været lige så lysende som nu, også før Orions tid.

Uvidenhedens frustration plagede ham mere og mere, som dagene gik. Mest af alt længtes han efter svaret på det spørgsmål, han hver dag stillede sig selv: Fandtes der liv på den lysende planet? Hvad ellers kunne forårsage en sådan glimtende farve og energi? Et eller andet adskilte i hvert fald denne planet fra de sytten andre, Orion også kunne se gennem stjernens ruder.

En af dem var stor og i konstant bevægelse. En udsendte farvet lys i violet og purpurrød. Omkring en anden kredsede en mørkegrå støvsky, der gjorde det svært at se, om selve planeten overhovedet var der. En var utrolig lille, og det var kun en gang imellem, at Orion kunne få øje på den.

Hver af disse planeter var unikke, men alligevel kendte Orion til én ting, de havde tilfælles; en negativitet. De udstrålede en tomhed og mystisk stilhed, som om de var blevet forladt. De virkede dystre, og Orion fornemmede en tristhed omkring dem.

Han havde skrevet tekster og historier om dem alle. Sytten bind, der hver især beskrev den enkelte planet omhyggeligt. Tilsammen udgjorde de en serie, der viste, hvordan universet så ud og hang sammen fra Orions synspunkt gennem det runde vindue.

Dog var hans værk ikke helt fuldendt, og det frustrerede ham grænseløst. Der var stadig en bog, som Orion aldrig formåede at færdiggøre. Bogen om den lysende planet, som alle de andre planeter kredsede omkring.

Det var på tide, at Orion skrev det attende bind. Det var, som om universet blev ivrigere efter, at Orion skulle fuldføre sin bog. Han havde ikke tænkt sig at skuffe det.

2

Fremtiden tilhører alle. Selvom nogle påstår, at enkelte ejer den, er dette usandt. Fremtiden svæver overalt, for evigt, og forvandles konstant til nutid. På den måde kan fremtiden aldrig berøres, og man kan lige så vel sige, at fremtiden tilhører ingen.

Man kan kende fremtiden ved, at den er ukendt. Den er svær at gennemskue og oftest overraskende.

Denne morgen på en lille stjerne i universet bankede fremtidens ukendte ansigt på døren.

Orion fór op fra stolen og skabte en storm af bogstaver på papirerne, der langsomt dalede mod gulvet.

Aldrig før havde han hørt en lyd udefra. Det gentog sig. En lav banken på den anden side af Orions vægge. Han kunne ikke høre, hvor lyden præcist kom fra, men det var med en skræmmende sikkerhed *udefra*. Orion kiggede rundt i det rum, han havde levet i så længe. Han kendte hver en krog og vidste, hvor hver bog befandt sig. Ikke at der var noget system i de mange bunker, der nærmest dannede en rodet mur rundt om stjernens midte. Alligevel syntes de mange bøger nu som en systematisk bygget grænse, der havde til formål at holde Orion indespærret. Han følte en pludselig trang til at bryde

igennem denne mur af ord, en trang, som han aldrig
før havde mærket.

Orion gjorde derfor det eneste, han i dette øjeblik
fandt rigtigt. Han greb den ene bog efter den anden
og fjernede dem fra den sti, han ivrigt forsøgte at
danne. Som mursten, der adskilles fra hinanden og
åbner op for nye muligheder, havde Orion nu skabt
en ryddet vej mod et af stjernens hjørner.

Han stod med næsen trykket mod væggen, idet en
fremmed tanke fødtes i hans sind: Hvordan kunne
han tillade sig at beskrive universets planeter, som
var det sandheden, når han aldrig havde mødt dem?
Talt med dem eller udforsket dem? Når han blot
havde studeret dem fra dette ene perspektiv, der var
hans eget.

Nu kunne han ikke komme i tanker om noget mere
forkert end alle de beskrivende ord, han havde
nedfældet i sine bøger. De så pludseligt tomme ord,
han havde troet besad en sand helhed. Orion fore-
stillede sig, at en anden forsøgte at skrive om Orion
og hans tilstedeværelse på sin stjerne, på samme
måde som han havde gjort det. Han var sikker på, at
intet levende kunne komme i nærheden af en sand-
hed med en sådan afstand. Det ville være umuligt at
kende til Orions gennemarbejdede bøger, hans
velovervejede tanker, hans liv og, endnu mere utæn-
keligt, *hans* perspektiv. Alt dette, der beskrev Orion.
Alt dette, som Orion ureflekteret havde tilladt sig at
sige om de andre planeter.

Beslutsomt og med en følelse af at gøre det rigtige,
greb Orion en stak tomme papirer og sit skrivegrej og
trådte ud af sit trygge, velkendte hjem, ud i universet.

I samme øjeblik trådte han ud i en fremtid, der for
første gang i Orions liv ville være fuldstændig ufor-
udsigelig og overraskende. En fremtid, der sekund
efter sekund blev efterfulgt af en nutid i et eventyr.
Et eventyr om en søgen efter sandhed.

3

En stille rislen af vinden i de lysegrønne blade kunne høres mellem træerne. Høje stammer, der gennem lange tider tålmodigt havde bevæget sig tættere på deres kilde til liv, solen. Under dem levede deres mindre søskende, trygge og respekterede, på trods af deres små størrelser. Lyse spirer, der netop havde mødt solens stråler for første gang. Blomster i utænkelige, imponerende farver, der malede skovbunden som en spejling af himlens regnbue. Buske med frugter af en sådan sødme, der ikke overraskede, taget deres eksotiske udseende i betragtning.

Denne smukke og evigt spirende skov omkransede en lys eng, der bevægede sig over en bakketop. Som et hav af guld bølgede kornet i morgenens vind. Enkelte blomster lyste som stjerner på denne kornmark og viste vej mod engens udkant nær bakkens top. Deroppe stod et stort træ som kongen over et fredfyldt landskab, med den mægtigste krone. Øjet kunne ikke se, hvad der befandt sig på den anden side af træet. Men det var fristende at bevæge sig derhen, med de bløde strå, der roligt svajede frem og tilbage i vinden. Solen var netop stået op og skabte et magisk lys over hele engen.

Alt ved dette sted var så smukt og trygt, at man næsten ikke vovede at beskrive det med ord. Det ville være som at forsøge at tegne solen med et stykke kul. Omkring denne eng levede en ro og energi på samme tid, som fik enhver til at føle sig forstået og forbedret. Dette sted var skabt i kærlighed, det fandtes der ingen tvivl om.

Orion smilede tilfreds til ordene, som han eftertænksomt havde nedfældet på det lille stykke papir. Det attende bind om den lysende planet var nu påbegyndt, og Orion glædede sig ved tanken om, hvilke fortællinger der skulle komme til at udfylde de lige nu blege, men spændte papirer. Han foldede den første side med beskrivelsen af engen sammen og førte forsigtigt sin hånd over kornene. De var bløde og varme. Han var fyldt med en ro, der gav ham mod på at bevæge sig gennem den lysende eng.

Skridt for skridt bevægede han sig tættere mod træet på bakketoppen, som ville byde ham velkommen med en hjertens glæde.

Orion lagde en hånd på det storslåede træs tykke stamme og kiggede op på dets mørkegrønne krone. Han smilede til det med en respekt og beundring, før han fortsatte mod bakkens ukendte skråning. Her stoppede han op, måbende over det syn, der mødte ham.

I bakkedalen blomstrede det med liv og energi på en måde, Orion aldrig før havde set. Han kunne umuligt definere de mange ukendte genstande, han så, og stod måbende i en sjælden utilstrækkelighed på ord. Der foregik så meget, og hvert sekund fik Orion øje på noget nyt. Hans nysgerrighed bragte ham tættere på dette fremmede, imponerende sted, som han inderligt ønskede at lære at kende. Tættere på kunne Orion se nogle enorme genstande i forskellige hvide former. Cirkler, trekanter, firkanter og kanter med fem og seks, kunne Orion få øje på. De blev større, for hvert skridt han nærmede sig. De hule former var forbundne med snoede stier af hvide sten. Orion så noget skinnende, som den hvide sti dannede en cirkel omkring. Det var noget spejlblankt, der reflekterede solen så perfekt, at det lignede, at et lille stykke af den var faldet ned på jorden og skinnede derfra. Det var en sø med det klareste vand, uden en eneste bølge til at skabe uro i søens skinnende fred. Imellem de store hvide objekter, hvis funktion endnu var uklar for Orion, voksede blomster i alle regn-buens farver. Der stod høje træer af forskellige sorter som fredens vogtere for dette sted. Ikke at der så ud til at være behov for vogtere.

Under et særligt iøjnefaldende træ i den fjerne dal så Orion pludselig noget, der med ét overvældede ham og fik hans hjerte til at slå meget hurtigt. På en bænk under det grønne tag af blade sad en skikkelse, der med sine små bevægelser besvarede et af Orions mest betænkte spørgsmål omkring den lysende planet; om der fandtes liv derpå. Denne skikkelse var et væsen. Et levende væsen. Orion stirrede lamslået på det med en frygt og begejstring på samme tid. Hvem mon dette væsen var? Trods den lange afstand imellem dem fornemmede Orion en varme, imens han beskuede det fremmede væsen. Pludselig rejste det sig, og Orion fulgte det med blikket, da det fortsatte på den hvide sti.

Efter nogen tid ankom det til en rund plads. Orion jublede for sig selv, da han hørte en hjertelig latter og glade lyde, da væsnet ankom til pladsen. For på stole og borde af træ sad atter flere væsner. I sin henrykkelse løb han nysgerrigt et stykke tættere på bakkedalen.

Tæt ved pladsen med de mange væsner ankom der pludselig et stort, hvidt, lydløst objekt. Også det indeholdt væsner, der så ud til at forlade det, de netop var kommet kørende i. Uden så meget som en hvisken kørte den hvide tingest hurtigt væk igen mod et sted længere borte.

Orion kneb øjnene sammen og fik øje på marker her, hvor træstammer dannede lange vægge, som planter voksede op ad. Det så ud til at være spiseligt, for på de frodige planter voksede farvede frugter i orange, grønne, røde og violette nuancer.

Orions tanker blev forstyrret af en let brise, der forårsagede en susen i det fjerne. Han kiggede i retning af den pludselige lyd og opdagede nu en skov af tårnhøje, mærkværdige træer i bevægelse. De var hvide og havde alle tre lange grene, der i samme tempo roterede i vinden. Orion havde aldrig set noget lignende.

Han rystede på hovedet og forventede at se disse underlige træer skifte farve til den naturlige grønne, men den var god nok. Hvide, roterende træer.

Dette var uden tvivl et mystisk sted, anderledes fra alt det, Orion kendte til i sin lille stjerne. Alligevel havde han ikke tænkt sig at vende om. Han var ikke sikker på, hvad han havde forventet, men bestemt ikke dette. Han havde ikke kunnet gennemskue, at den strålende, smukke planet også ville indeholde så mange detaljer. Måske havde han blot forventet at ankomme til en cirkel af lys. En kugle af varme. En kærlig strålen, smilende og glimtende, som han kendte det fra sit vindue i stjernen. Aldrig havde han forestillet sig, at den lysende planet ville være fyldt med så mange unikke skabninger. Så meget smukt for øjet, at det ikke kunne overskue at se det hele på samme tid.

Selvom alle disse detaljer gjorde Orion endnu mere nysgerrig på historien om planeten, holdt han alligevel bevidst en vis afstand fra dalen.

For i så lange tider havde han overvåget denne planet på afstand. Så mange gange havde han undret sig over den. Forestillet sig og gættet på, hvad den var. Hvad den indeholdt. Men altid fra et perspektiv langt fra den. Nu havde han zoomet ind og dykket ned i det, hans blik på afstand havde hvilet på. Orion lænede hovedet tilbage og forsøgte forgæves at få øje på sit trygge hjem. I et kort øjeblik ønskede han intet andet end at indtage sit velkendte perspektiv.

Men den rolige vind omkring ham ønskede noget andet og skubbede nu blødt Orion mod planetens lille bakkedal, planetens lysende centrum.

4

”Er du også i live?” spurgte Orion.

Ved et smukt træ med flammende røde blade, sad et væsen med ryggen lænet op ad træets stamme. Et væsen, roligt og med et drømmende blik fra de mørkebrune store øjne. Øjne, der nu rettede sig mod Orions lille krop med en undren og nysgerrighed.

”Det kommer an på, hvem du spørger. Spørger du uret, der gik i stå, vil det med sikkerhed svare, at jeg er i live. Spørger du tiden, der aldrig vil stoppe, vil den nok svare, at min korte livstid ikke er værd at tælle med. Men siden du spørger mig, vil jeg fra mit perspektiv svare *ja*. Et glædeligt ja.”

Orion stod måbende i søgen efter de rette ord. Han talte med et levende væsen.

”Er de andre på denne planet som dig?” spurgte Orion endelig.

Væsnet lo en varm latter og plukkede forsigtigt en af de mange røde blomster, der dannede et levende tæppe under dem.

”Der findes ingen anden rød blomst som denne. Den er unik og besidder sin egen historie. Dog har den en hel mark af brødre og søstre, der ligner den og til dels minder om den. Men denne smukke, røde blomst er med sikkerhed sin egen.” Væsnet smilede til Orion, før det fortsatte: ”Jeg gætter på, at du ikke har været her længe. Kom, sæt dig her under træet.

Jeg vil fortælle dig om denne røde blomst, der er én nuance i den farverige fortælling om planeten, du befinder dig på – og er så nysgerrig omkring.”

Orion satte sig forsigtigt og lænede sig op ad træet under paraplyen af blade, der kunne forveksles med ild. Han tog en dyb indånding i den friske luft.

”Jeg vil vide, om din planet altid har været så lysende som nu. Den er ikke som de andre planeter. Den er fyldt med unikke detaljer, men jeg kan ikke regne ud, om den altid har været det. Den er som et strålende centrum, men jeg kan ikke gennemskue hvorfor.”

Væsnet med de kærlige øjne svarede: ”Jeg forstår din undren. Kort sagt kan jeg fortælle dig, at denne planet af liv og glæde ikke altid har været så blomstrende som nu. Ligesom alt andet er den vokset i en udvikling. Begyndt i et simpelt frø og groet til et mægtigt og kompliceret træ. Voksende vil det altid være. Men fortællingen om dette sted er lang, og du kan ikke modtage hele sandheden fra én mund.”

Orion afbrød væsnet, ivrig efter at vide mere: ”Fortæl mig blot, hvad du ved. Om din historie.”

Væsnet lo igen, imponeret over den fremmedes nysgerrighed. Selv var han lige så nysgerrig efter at høre om den fremmedes historie og hjem, men han fornemmede, at han ikke ville få et eneste svar på sine spørgsmål, før han havde fortalt om sin egen fortid. Han rømmede sig, før han begyndte: ”Jo, min historie skal du få. Først skal du få at vide mit navn. Jeg hedder Terra. Mit navn stammer fra et sted langt,

langt herfra. Et sted, der knapt nok eksisterer læng-
ere."

5

Et højt brag lød på den anden side af husets træmure. Bumpet rystede det lille bord, så teen fløod over og brændte Terras små fingre. Han ømmede sig og kiggede bebrejdende ud ad vinduet. De mørke skyer fløj som en advarsel om katastrofe over skoven. Skoven, der skrumpede for hvert sekund, der gik. De små spirer kunne ikke følge med de skarpe knives effektivitet og måtte derfor konstant hviske farvel til deres ældre søskende.

"Hent mere brænde!" råbte en dyb stemme ind gennem døren, og en stærk arm pegede på pejsen, der nær var faldet i søvn og ikke længere fuldførte sit job; at holde den lille hytte varm.

Terra rejste sig og blev på den anden side af døren mødt af en ubarmhjertig kulde. Han kiggede ned på de store brændestykker, der lå ved siden af den gamle økse. Hvor han hadede denne pligt. Når klingen splittede det lille træ i to, hørte han en smertens skrig, der skar i hans ører. *Morder,* tænkte han.

Han gik tomhændet tilbage i hytten og tog endnu en trøje på.

"Jeg malede det, dengang jeg var på din alder. Se alle de grønne farver. Jeg kan knapt nok huske det syn længere." Den gamle dame sukkede og gav sit barnebarn, den betænksomme og nu unge mand, maleriet.

Han kiggede drømmende på det. En planet set fra et ydre perspektiv, hvorpå store træer fyldte hele overfladen. Blade i alle grønne nuancer skabte en positiv energi omkring planeten. En uberørt og spirende skov, et blomstrende liv på land.

"Hvad skal der blive af os?" spurgte Terra, før han fortvivlet fortsatte: "Hver dag vælter flere og flere af os, ligesom træerne gjorde det. Snart er her så tomt, at ingen sjæl kan overleve, eller rettere, *vil* overleve på dette sted. Denne verden af grå og tågede skygger dræber glæden i mig. Jeg kan ikke lade være med at bebrejde mig selv for ikke at have gjort mere for at forhindre det. Jeg kunne have stoppet ham. Måske dem alle sammen. Jeg kunne have fortalt ham om, hvad jeg så i fremtiden. Jeg kunne have beholdt nogle frø og sået dem nu, så vi kunne plante skoven igen. Bare jeg havde gjort et eller andet for at redde vores folk. Et eller andet for at forhindre denne undergang."

Den gamle dame kiggede kærligt på ham med øjne fulde af sorg. "Terra, din fars handlinger er ikke dine. Skammen over, at han bidrog til skovudryddelsen, skal du ikke bære. Du må ikke bebrejde ham for hans uvidenhed, men tilgive og prøve at forstå ham. Han mente, at den eneste mulighed for hans og din overlevelse var at adlyde andres selviske ordrer. Godt nok var han en af skovens mordere, men ikke af et ondt sind."

Hun gik hen til kommoden, der stod i hjørnet af det lille værelse, og åbnede den nederste skuffe, hvorefter hun forsigtigt løftede et lille skrin af træ op. På overfladen var med en lysegrøn farve malet et træ på jorden, ved siden af tre flyvende fugle.

"Hvor er det smukt," sagde Terra, da hans farmor havde sat sig på sengen ved siden af ham.

"Et smukt ydre, men et endnu smukkere indre," svarede hun.

"Må jeg åbne det?" spurgte Terra nysgerrigt.

Hun smilede til ham og strøg ham over håret. "For det behøver du en nøgle."

Han kiggede undrende på hende, og hun forklarede: "I dette skrin ligger 15 frø, børn af forskellige blomster, planter og træsorter. Det er gået i arv i familien gennem mange generationer. Vores forfædre skabte det for at sikre, at vores planet ville være evigt frodig og blomstrende. For at sikre, at den ikke ville ende gold, udtørret og tom, som nu."

Terra sprang op. "Så lad os så frøene så hurtigt som muligt. Jeg ved, at jorden ikke er helt udtørret på den anden side af gravpladsen."

"Sæt dig ned, min ven." Der var en alvor i hendes stemme. "Når lynet har ramt træets krone og splittet det i tusinde stykker, vil det aldrig gro igen. Terra, disse frø i skrinet har ingen fremtid på denne planet. Denne planet vil, som du sagde, snart være tom. *Dødelig* tom."

Hun overrakte skrinet til denne gode sjæl, hvis smukke brune øjne var fulde af tårer. Han vidste, hvad hun ville bede ham om. Han tørrede tårerne bort, før han hviskede: "Nøglen eksisterer kun, hvor frøenes fremtid bor. Jeg må rejse."

Det sidste ord sagde han med et håb om, at han havde misforstået hende. Men han kunne se i hendes vise blik, at han havde forstået nøjagtig, hvad hun havde i tankerne.

Hun pegede på et andet af sine malerier, der hang på væggen som centrum mellem alle de andre. Terra havde aldrig lagt mærke til det før, hvilket var underligt, for det lyste af skønhed og havde nu fanget Terras fulde opmærksomhed. Maleriet viste en nattehimmel med hundredvis af stjerner på. I midten svævede et lysegrønt, rundt blad. Det lignede en planet, men den var for Terra ukendt.

"Ja, Terra, du må rejse til det sted, hvis fremtid er lys og blomstrende. Fuld af håb og muligheder. Der er ingen korrekt måde at finde vej på, heller ikke en forkert. Der er kun din måde. Gå den vej, din sjæl viser dig, og følg den hele vejen. Da vil du finde nøglen, du søger. Nøglen til skrinets frø, til fremtidens spirer."

Terra stod med tårer i øjnene, da han kiggede op på det enorme og smukke træ foran sig. Det var som at blive forenet med en gammel ven, selvom det ligesom alt andet på dette sted var fremmed for ham. Træet spirede af håb og bekræftede Terra i, at hans mission var mulig her.

Han kiggede sig omkring, men behøvede ikke lang tid, før han havde taget en beslutning om, hvor han ville begynde. Hvor han ville skabe og opbygge nyt liv, nyt håb i form af en spirende skov, sunde marker og frodige planter.

Han gik tilfreds ned mod dalen, imponeret over dens skønhed. Han forestillede sig det liv, som dette sted perfekt ville rumme. Da han var kommet ned i dalen og stod omkranset af de trygge bakker, kom han i tanker om skrinet.

"Nøglen eksisterer kun, hvor frøenes fremtid bor," gentog han for sig selv.

Han lukkede øjnene og forestillede sig en sti, der blev længere for hvert skridt, han tog. På sin rejse havde han fulgt denne sti hele vejen, indtil han var ankommet til denne planet. På trods af, at han ikke kendte vejen, heller ikke destinationen til sit mål, havde Terra stolet på, at denne sti, som han så for sig, ville føre ham derhen. Hvert skridt var vigtigt, også selvom det indimellem førte ham på omveje eller gennem lidelse. For uden omvejene, vildsporene og forsinkelserne ville han aldrig have nået denne destination, som var blevet hans mål. Hvert skridt bragte ham på vej.

Terra kunne pludselig se noget skinnende for enden af stien i sit sind. Han fulgte den med lukkede øjne, indtil han fornemmede et kraftigt lys skinne på sit ansigt. Han åbnede øjnene og så, at det kom nede fra jorden. Det var en meget lille sø, der reflekterede solen så vellykket, at Terra måtte knibe øjnene sammen for at kunne fokusere på den. For under den spejlblanke overflade fangede en lille genstand, der også skinnede i solen, hans opmærksomhed. Han stak forsigtigt hånden ned i det iskolde vand, og gispede, da han kunne se, hvad han netop havde samlet op. Lysende guld dækkede overfladen på en tung og længe eftersøgt nøgle.

6

Under det røde træ kiggede Orion imponeret på Terra. Modtagelsens glæde levede i dette øjeblik i Orion. Bevidst forblev han tavs, for lige nu ville ethvert ord skabe ubalance i historien og vælte den. Lige nu stod den smuk, som den var, og behøvede ikke nogen tilføjelser, spørgsmål eller kommentarer.

Terra rejste sig og spejdede ned over dalen. Han havde fået øje på noget, for nu viftede han med sin stok af træ, som om han vinkede til nogen.

"Kom med, min ven," sagde han til Orion.

De gik sammen hen over marken med de smukke, røde blomster. De var på vej op ad en lille bakke, og Orion var nysgerrig efter, hvad der befandt sig på den anden side. Nu kunne han ikke holde sine spørgsmål tilbage længere.

"Hvor bevæger vi os hen?" spurgte han.

"Da kender jeg dig igen," grinede Terra. "Sammen bevæger vi os mod planetens lysende centrum."

På toppen af bakken stoppede Terra pludselig op. "Vent her." Han lagde hovedet på skrå og kiggede pludselig meget undersøgende på Orion. Så nikkede han for sig selv. "Så fandt du os endelig." Han gik i forvejen og efterlod Orion undrende tilbage.

7

Orion forventede, at Terra ville komme tilbage, og satte sig derfor for at vente. Han kiggede op mod himmelen, der var så simpel, når den kun var malet med én farve. Han sukkede og tænkte på Terras fortælling, der modsat himmelen var alt andet end simpel. Terra havde altså, ligesom Orion selv, forladt sit hjem og rejst til denne planet. Men han havde i modsætning til Orion forladt et sted, der til sidst var blevet så katastrofefyldt, at rejsen hertil var den eneste mulighed for overlevelse.

En isblå sky fødtes på den rolige himmel og afbrød Orions tanker. Dens skygge lagde sig som et slør over Orion, og han gøs over den pludselige kulde. I det samme fik han øje på en skikkelse længere nede på marken. Orion spærrede øjnene op. Skikkelsen bevægede sig op ad bakken, og inden længe ville Orion have mødt endnu et væsen på planeten. Dette væsen var både kraftigere og mørkere end Terra. Det nærmede sig Orion med rolige skridt og bragte en varm energi med sig. Snart var det nået toppen af bakken, og det smilede stort til Orion og glædede sig over at møde det lille væsen, som Terra netop havde fortalt om.

"Velkommen, Orion," sagde væsnet med en stærk stemme.

Orion tænkte sig om. Måske var dette væsen ankommet på samme måde som Terra? ”Har du altid levet her?” spurgte Orion.

Væsnet kiggede undersøgende på Orion. ”*Altid* er meget længe. Gad vide, om der findes noget, der er længere end altid. Kan man gange altid med to? Og kan man overhovedet splitte altid op i mindre dele, som man så ofte gør? Måske er altid én sammenhæng, som aldrig kan deles eller fordobles, men blot eksisterer som en helhed, der for evigt er overalt. Måske er altid en beskrivelse af, at tiden kun er én.” Væsnet holdt inde. I det samme forsvandt skyen og dens skygge, og solens varme kunne igen mærkes.

”Hvem er du?” spurgte Orion endelig og håbede på et mere forståeligt svar.

”Mit navn er Pheko. Men hør, lille du. Vil du virkelig vide, hvem jeg er, må du lytte til et eventyr, hvis ord belyser min fortids skæbne på den mest sandfærdige måde.”

Pheko tog det sidste stridt op på bakkens top og satte sig ved siden af Orion. Orion, der med sin sprudlende nysgerrighed kiggede utålmodigt på Pheko og bad ham fortælle eventyret med det samme. Pheko rømmede sig, før han med sin kraftfulde stemme begyndte at fortælle.

8

”Der var engang et bjerg, der var det mægtigste af alt andet. Det var så højt, at dets top rakte langt op i skyerne, og det var så bredt, at intet levende kunne bevæge sig rundt om det på en livstid. Det stod smukt og rankt og passede godt på alt det liv, der boede på det. Om sommeren var bjerget malet med farverige blomster og om vinteren med glitrende sne. Hver en blomst og hvert et snefnug levede med en respekt for hinanden i en tro på, at de alle var lige meget værd, og at de derfor fortjente den samme værdi i livet.

Det var en vinternat på det mægtige bjerg. 1 snefnug, lille og smuk, var netop landet på den bløde sne, der dækkede bjergets øverste top. Snefnugget kiggede ned over den vidunderlige bjergskråning, der glimtede og lyste i stjernernes skær. Det var et overvældende syn. Der var så meget sne, at det lille snefnug blev fyldt med en opkvikkende følelse af en umættelighed for at ville se mere. Have mere. Pludselig fik det en idé. Det trillede en smule frem og greb ud efter de andre snefnug omkring det. De andre snefnug beklagede sig, som de med ét sad fast på snefnugget, der blev en smule større af denne manøvre. Snefnugget grinte, for det var dog en herlig følelse. Det trillede længere frem og blev større og større. De små snefnug, som det blev rigere på, mistede samtidig deres værdi, men det kunne snefnugget ikke tage sig af. Det havde et mål: Det skulle blive større.

Da morgensolen tittede frem bag bjerget, var snefnugget ikke længere et snefnug. Det var blevet til en snebold. Snebolden rullede med fuld fart mod bjergets skråning, for der var nok så meget sne at tage af. Den rullede muntert ned ad den hvide bjergskråning, hvor harmoni og fred boede. Her lå en flok snefnug i morgenens ro og fik pludselig øje på en stor kugle, der nærmede sig med en stigende fart. De så, hvordan snefnuggene højere oppe blev fattigere, som de blev revet ind i den store kugle. Og med ét blev dette deres egen skæbne. De var ikke længere de samme snefnug, som de havde været før. Og den store kugle var heller ikke den samme. For den var rigere end aldrig før.

I sit iver fortsatte den hurtigere og længere ned ad bjerget, konstant med blikket rettet fremad. Den hørte ikke længerede de mange skrig og klager. Den så ikke længere de enkelte snefnug, der mistede deres værdi. Den så kun sit mål.

Som kuglen blev større, blev den også mere egoistisk og grådig. Og nu var den blevet så tung, at den ikke kun skrabede den hvide sne til sig. For jorden, der om sommeren fødte de mange blomster, blev også revet ind i den nu beskidte kugle. Men det værste var det gyselige spor, den efterlod på bjerget; hvor kuglen havde været, var der intet af vinterens sne tilbage. Og rundt om dette sted var de omkringliggende snefnug blevet så fattige, at de ikke længere

kunne se mening i at leve. Ikke en eneste blomst ville
være i stand til at vokse her de næste mange somre,
som jorden var blevet revet op og sneens beskyttende
effekt destrueret.

Der var med fattigdommen skabt en enorm ulig-
hed og ubalance på bjerget. Det var, som om den
mørke, tunge kugle fik bjerget til at tippe. Dette
kunne ikke vare ved. Og det gjorde det heller ikke.

Det var den tredje nat. Kuglen var blevet enorm,
ubeskrivelig tung og overvældende rig på snefnug og
jord. I dens blændende grådighed på konstant at ville
have mere havde den slet ikke opdaget den store
klippesten, der stod på bunden af det mægtige bjerg
og ventede på gøre op med dens uretfærdighed. Kug-
len så kun den rene sne, der dækkede stenens top, og
satte derfor farten op. Øjeblikket, hvor den var
allerstørst, allerhurtigst og allermest blind af grådig-
hed, ramte kuglen den stærke sten. Et enormt brag
lød og fik det mægtige bjerg til at ryste. Kuglen
splittedes i tusindvis af stykker og blev med ét
forvandlet til en gigantisk sky af brune og hvide
atomer. Tiden stod stille. Den før så rige kugle, der
havde ødelagt så meget på sin vej, havde tabt. Den
kunne kun tabe. For intet sted, hvor egoisme og
grådighed dominerede, ville vare ved.

De utallige snefnug og de uendelige mængder jord
hang i luften og åndede lettede op, befriede fra den
fattigdom, de havde været fanget i. I øjeblikket af
absolut stilhed var et snefnug på vej i en fremmed
retning; det svævede langsomt mod en fremtid, hvor

det ville kæmpe for, at fattigdommens uretfærdighed
aldrig igen ville eksistere."

37

9

Phekos stærke blik mødte Orions, da han fortalte slutningen på eventyret. I det samme så Orion, at Pheko var et af de mange snefnug, hvis liv havde mistet værdi på grund af den grådige kugle. Hvis liv var blevet ført ind i den uretfærdige fattigdom. Orion kunne ikke bære tanken om dette. En tåre landede på bakken, da han med en sørgmodig stemme sagde: ”Jeg har svært ved at forstå, at du har oplevet en sådan ulykke. Blevet revet ind i fattigdommens uretfærdige væsen og set dine søstre og brødre falde. Forladt dit hjem for altid. Og at du alligevel smiler. Jeg har svært ved at forstå, hvordan din sjæl overhovedet kan leve videre efter en sådan uretfærdighed. Fortæl mig, om det blot ser sådan ud, eller om du inderst inde er fyldt op med en evig tristhed, som du har lært at leve med og skjule? Er det overhovedet muligt at føle oprigtig lykke efter en enorm ulykke?”

Pheko kiggede mildt på Orion. Han tørrede tårerne væk fra hans kind og spurgte så: ”Sig mig, er det muligt for dig at smile, efter du har fældet en tåre?”

Han fortsatte, da Orion med det samme smilede ved dette spørgsmål. ”Fattigdommens ulykke, der overtog min planet, vil jeg aldrig glemme. Sorgen kan ikke forgå fra min hukommelse. Og mine søstre og brødre, der også blev ført ind i fattigdommens uretfærdighed, vil heller aldrig forlade mit hjerte. Det lever alt sammen i mig på hver sin måde. Men bare fordi det altid vil leve i mig, betyder det ikke, at jeg skal leve efter det. At jeg skal lade sorgen og ulykken fylde mig op og dermed styre mig. I mit indre vil der altid være plads til glæde. Vores indre er ikke simpelt. Vi er jo ikke enten glade eller triste. Vi indeholder både sorg og glæde, lykke og ulykke, godt og ondt. Men simpelt er det, hvad vi vælger at fokusere på.

Jeg tror, at den grad af frustration og sorg, som ulykken på min fortids planet påvirkede mig med, skabte en tilsvarende grad af taknemmelighed og glæde i mig. Da alt var mørkest, indså jeg behovet for lys. Da alt var fyldt med ulykke, voksede en lyst til at kæmpe for lykke i mig. Da uretfærdighed herskede, kendte jeg med ét til nødvendigheden af retfærdighed.

Så for at svare på dit spørgsmål, så *lever* der en tristhed i mig efter den uretfærdige ulykke, der ramte mig og min planets folk. En tristhed, som jeg ikke har lært at skjule, men i stedet lært at bruge til at vise mig glæden. Jeg bruger den som et redskab til at minde mig om nødvendigheden i at kæmpe for, at ingen andre nogensinde må føle, som jeg gjorde det.

Så ved at acceptere min fortids sorg og vælge at fokusere på nutiden og fremtidens glæde, lever der i mig en oprigtig lykke."

Orion smilede til Pheko. Eventyret endte godt.

Pludselig ramte noget vådt Orions pande. Han kiggede op mod himmelen, der havde forvandlet sig til et stort, gråt tæppe. Endnu en dråbe ramte ham.

”Hvad sker der?” udbrød Orion hysterisk.

Pheko kiggede undrende på Orion, der ikke så ud til at have set regn før. Hvor mon han egentlig kom fra, tænkte han. Pheko undlod at spørge, for han var sikker på, at det rette tidspunkt ville komme, hvor Orion selv ville fortælle det. Og det var med sikkerhed ikke dette tidspunkt, for det lille væsen havde nu rejst sig og løb bekymret frem og tilbage for at undgå at blive ramt af regnens dråber.

”Bare rolig, lille du. Følg med mig, jeg kender et sted, hvor vi kan finde ly for regnen.”

De nærmede sig markens udkant og gik nu i tørvejr under de store træers mørkegrønne kroner. En kilde løb ved siden af dem og rislede i takt med deres skridt. De gik i stilhed og lyttede til naturens stemme, der sang så smukt. Pludselig sang endnu en stemme, som Orion ikke før havde hørt. Han kunne ikke se, hvor den kom fra, og satte nu farten op for at finde ud af det. Pheko kunne snart ikke følge med længere og råbte efter Orion:

”Bare gå i forvejen, jeg møder dig senere, lille du.”

Orion kiggede sig hurtigt tilbage over skulderen og så, at Pheko fortsatte ad en anden retning. Den syngende stemme lød nu højere og højere, og Orion fulgte den nysgerrigt. Han bevægede sig tættere på kilden og gik langs den et stykke endnu, før han fik øje på det, han søgte: Stemmens væsen.

Det sad på en lille bro, der forbandt kildens to bredder med hinanden. Dets hår var langt og løb ned over en let, lyseblå kjole, der varmede væsnets lille, fine krop.

Orion kunne nu tydeligt høre sangens ord, der med den smukke stemme fortryllede ham.

"Bro over foruroliget vand, vil jeg lette dit sind. Som en bro over ..."

Væsnet kiggede op med et drømmende blik og fik øje på Orion.

"Du optrådte i min drøm i nat," sagde væsnet med en sød stemme. Det kiggede undersøgende på Orion, rejste sig og lagde sin varme hånd på hans kind.

"Orion. Du kommer langvejs fra. Tak for dit åbne sind, du bringer, din søgen efter at vide mere. Det er beundret."

Væsnet lo, da Orion udtrykte en måbende grimasse.

"Jeg forvirrer dig, gør jeg ikke? Mit navn er Agua."

Nysgerrigheden tog over ham igen, og han begyndte at spørge, om hun altid havde levet på denne planet, eller om hun ligesom Terra og Pheko også havde flygtet fra et katastrofefyldt sted, hvordan hendes fortid så ud, og om hvordan hun i øvrigt kunne have drømt om ham. Mere nåede han ikke at spørge om, for Agua lagde en finger foran sin mund og bad ham om at tie. Hun sagde med en rolig stemme:

"Kære Orion, spørg ikke, men lyt. Jeg ved, hvorfor du er her. Du nedskriver tanker og oplevelser som ord og foreviger blandt andet viden dermed. Måske er du ikke selv klar over det, men dit besøg til vores planet er umådelig nødvendigt. En vigtig forståelse af livet venter på dig her. Venter på at blive fundet og formidlet. For der er flere end dig i dette univers, som må kende til denne planets udvikling. Om dens indbyggeres fortid og åbenbaringer, om indretningen af fremtiden. Om hvordan mørke kan forvandles til lys. Tro ikke, at din rejse hertil var en handling på en tilfældig tanke. Det var en handling på et vigtigt skridt for tilnærmelsen af sandheden. En stræben efter at oplyse universet om mål, der i fællesskab blev nået.

Jeg vil fortælle dig min historie, der er en del af denne lysende planets sandhed. Jeg ved, at du besidder evnen til at lytte, for dine øjne fortæller mig det."

Og Orion lyttede. Han lyttede til Aguas vise ord, hendes blide stemme og hendes øjnes historie. Side om side krydsede de den lille bro og trådte over i en fortælling om et hjertes evige tørst.

10

Agua kiggede ned på det tomme stykke papir, der lå i hendes skød. Den varme vind lød som en desperat hvisken om, at hun måtte vælge sine ord med omhu. Hun tog en dyb indånding og bad til, at Den Magtfulde ville forstå folkets alvor med dette brev. Hun begyndte at skrive.

I den nærmeste fremtid vil vi ikke længere være i stand til at eksistere på vores planet. Tørke og vandmangel vil dominere og dræbe alt levende. Konkurrencen om planetens vand vokser. Konflikten spreder sig overalt og skaber splid mellem venner. Splitter familier ad. Bygger dybere kløfter mellem fremmede.

Du må indse, at mængderne af vand er knappe. På samme tid bliver gift hældt i vores floder og forurener det begrænsede rene vand, som om der var uendeligt af det. Forurening forårsager utallige sygdomme, især i denne tid med varmebølger. Tallet af emigranter, der må forlade deres fødested for at søge mod rent vand, er stigende. Men ikke nok med det, er der flere og flere, der omkommer i sygdommen og tørken.

Vi er bekymrede for din manglende indsats på løsningen af det voksende problem. Det er din uhensigtsmæssige gravning af dybe brønde og ekstreme anvendelse af planetens rene vand, der har skabt de alvorlige konsekvenser.

Hvis problemet ikke løses omgående, vil vi alle være nødt til at flygte for vores overlevelse. Men der møder vi allerede det næste problem: Hvorhen, når hele planeten snart lider af tørke?

Jeg beder dig indse, at vandmanglen er livsfarlig, og kæmpe for at hjælpe os og vores planet!

- Agua

Hun løb gennem den støvede luft for at aflevere brevet til Den Magtfulde i tide. Hun vidste, at hvert sekund uden handling ville fordoble problemet. Hun ville forklare ham, at der kun var én ting at gøre: De måtte beskytte og genoprette søerne, floderne og de andre vandområder, der endnu kunne reddes.

Agua blev afbrudt i sine tanker af et inderligt skrig, der lød længere fremme. Hun satte farten op og mødte nu det syn, som den skingre stemme havde skreget over.

Deres sidste vandhul, som holdt dem alle i live, havde forandret sig til en mørkegrøn farve. Sølvgrå klumper dækkede vandets overflade, og en væmmelig stank udsprang fra det nu forgiftede vand. Det måtte være forgiftet. For i vandhullets ene side flød en lille barnekrop. Ansigtet var blegt og læberne næsten grønne. Barnet var dødt.

En hjerteskærende hulken lød fra barnets mor, der styrtede hen mod liget i vandet. Agua løb efter hende og nåede i sidste øjeblik at gribe hendes arm, før hun også rørte det forgiftede vand.

”Jeg sendte ham bare ud for at hente vand. Jeg vidste ikke, at også det var forgiftet. Jeg sendte ham ud.”

Hun græd med en smerte, der blev mere og mere ubærlig, både for hende selv og de stirrende blikke omkring dem.

”Jeg sendte ham ud,” blev hun ved med at gentage. Agua måtte holde hende tilbage med alle sine kræfter, før moren endelig gav efter og kastede sig omkuld på jorden.

”Det er Den Magtfuldes skyld. Han dræbte min søn. Han ignorerer vores problem og lader vandet forsvinde mellem vores hænder,” råbte hun arrigt.

Agua satte sig ved siden af hende og aede trøstende den grædendes hår, imens hun fortvivlet forsøgte at huske, hvor det næste vandhul lå. Der var intet i nærheden. Så længe den forgiftede sø dampede i varmen, var det ikke sikkert at blive her. De måtte flygte.

Aguas tunge ben tiggede om pause. De havde gået så længe gennem støvet, at de havde mistet fornemmelsen for tid og sted. Agua ignorerede den kvalmende tørst og folkets klager og fortsatte med at gå. Pludselig viste et billede sig i Aguas bekymrede sind. Hun lukkede øjnene og så et mægtigt hav foran sig. Vandet lignede flydende guld, der harmonisk glitrede i takt med bølgerne. Agua stod højt oppe og skuede ned over det uendelige hav. Over det fløj lyse skyer, der næsten omkransede havet og beskyttede det. Beskyttede det for farer og tyve. Agua opdagede, at hun var en del af skyen, hun var som ét med den. Hun fornemmede, at også hun var havets beskytter, og følte en pludselig trang til at opfylde dette.

En støvsky kom flyvende og vækkede Agua fra synet. Hun kiggede sig tilbage og så sit folk vandre bag sig gennem de støvede gader. Deres øjne var fulde af frygt, deres hjerter fulde af sorg. En dræbende stilhed herskede mellem dem. Agua kiggede bekymret op på skyerne, der trak op til storm. Hun prøvede at huske, hvor længe de havde vandret. Det var længe siden, de havde forladt den forgiftede sø. Mange var faldet siden da.

De havde ikke set nogen spor af vand endnu, så Agua havde besluttet, at de alle måtte vandre mod deres største fjende, Den Magtfulde, der bar på deres sidste håb; brønden. Den Magtfulde havde gravet utallige brønde for at sikre tilstrækkelige mængder af vand til sin egen fordel og grådighed. Aguas plan var at bryde ind til brønden og bekæmpe Den Magtfulde, hvis egoisme ellers ville nå at bekæmpe planetens folk. Problemet var bare, at folket blev svagere og færre for hvert øjeblik, der gik. Det folk, hun kiggede tilbage på, havde opgivet troen på håbet. Deres blikke var tomme og havde snart accepteret tørstens barske følge.

De fulgte deres leder, men tvivlede mere og mere på hendes håbefulde ord. De reagerede ikke længere, når nogle gav efter for tørstens smerte og væltede omkuld i gadens tørke.

"Kæmp!" blev Agua ved med at råbe til flokken bag sig. Måske råbte hun mest til den del af sig selv, der også snart ønskede at give op. Hun tog endnu et skridt.

I horisonten kunne hun nu se Den Magtfuldes lyseblå porte og befalede sig selv at kæmpe til det sidste. Hun satte farten op og bevægede sig målrettet fremad.

Endelig nåede hun de store porte. 6 porte var der i alt. De var som seks punkter på muren, der dannede en stor cirkel. En hvid dråbe var malet på den ene port, der lyste mere lyseblåt end de andre. Brønden måtte være på den anden side. Agua lyttede. Hvorfor var der så stille? Som et sus mærkede hun, at noget var forkert. Hurtigt vendte hun sig om og gispede ved det syn, der mødte hende. Der stod ikke et eneste væsen bag hende. Hun kneb øjnene sammen og fik i stedet øje på en masse kroppe, der forskudt lå bevægelsesløse på vejen mod portene. Alle var faldet.

Agua fik øje på den krop, der lå tættest på hende. Hun genkendte med det samme, hvem det var. For kroppen lå sammenkrøbet på samme måde, som den havde gjort det, da den havde mistet sit barn i det forgiftede vandhul. Denne mor havde fulgt Agua så langt, men nåede aldrig målet sammen med hende. Agua satte sig ved siden af hende og aede langsomt hendes støvede hår. En vrede og fortvivlelse voksede i hende. Hun lukkede øjnene, men kunne ikke holde tårerne tilbage. Hun åbnede dem igen og så nu verden gennem sorgens vand. Alt så vådt ud, som om det var under havet.

En høj knirken lød fra portene og mindede hende om, at det hele var alt andet end vådt. Pludselig åbnede porten med den hvide dråbe sig langsomt, og Agua vidste, at hun måtte gå derind.

På den anden side af porten og murene kunne Agua nu se, at de ikke formede en cirkel, men en stor dråbe. I midten stod rigtignok en brønd. Agua løb derhen og kiggede ned i den. Den var så dyb, at hun ikke kunne se bunden. Hun samlede en stor sten op og kastede den ned for at undersøge brøndens dybde. Stilheden varede længe, og Agua syntes ikke, hun hørte noget hårdt bump. Pludselig hørte hun i stedet en mørk stemme udbryde et skrig, før stilhed igen fandt sted.

”Den Magtfulde!” tænkte Agua. Han måtte være faldet ned i brønden efter et forsøg på at skaffe mere vand. Nu ramte en smertefuld tørst Agua for alvor, og hun kunne ikke tænke klart længere. Hun brugte sine sidste kræfter på at trække spanden op og håbede inderligt på at finde vand deri. Hun måbede. Spanden var fuld med rent vand.

11

"Hvad gjorde du med vandet?" spurgte Orion, da Agua havde talt.

"Jeg skabte en kilde. Men ikke på planeten, hvor vandet kom fra, for dens jord var tør for håb. Jeg søgte et sted, hvor rent vand kunne strømme til glæde for alle. Et sted, hvor vandet ikke ville tørre ud. Jeg ville i hvert fald gøre alt for at undgå vandets død for altid. For jeg havde set faren i at se bort fra problemet. Set, hvilken katastrofe det havde medført. Og jeg vidste, at det eneste rigtige, jeg kunne gøre, var at forvandle det sidste håb til en virkelighed. Jeg skulle bringe det sidste vand til et sikkert sted og forandre det til en kilde. En kilde, hvis vand evigt skulle risle med liv og sikre liv.

Så jeg søgte hertil. Og her opnåede jeg mit mål. I kilden, som vi går ved, løber det vand, som jeg i spanden bragte hertil. Det var det sidste håb, men det døde aldrig, fordi jeg lod det strømme i mig til det sidste. Nu vil det evigt strømme i kilden."

Orion kiggede på det fine, lille væsen, der besad så meget styrke. Han var snart kommet til den overbevisning, at alle væsner besad denne styrke.

"Kære Orion, tak fordi du lyttede. Kom, jeg vil vise dig vores lysende centrum," sagde Agua og førte Orion mod det sted, han så længe havde ventet på at opleve. Indtil nu var han blevet ført rundt omkring det lysende centrum, men havde på intet tidspunkt glemt dets eksistens. Nu var tiden inde til at indtræde det. Han tog en dyb indånding, før han bevægede sig tættere på lyset. Tættere på sandheden.

12

Planetens centrum var kun mere imponerende, end hvad det på afstand havde set ud til at være.

Det var en glæde forvandlet til et sted. Det var, som om alt havde sin plads og hørte til.

Agua viste vej til den hvide stis begyndelse, der lå i udkanten af byen. Det var en unik oplevelse at følge den, for for hvert skridt, der bragte en videre på stien og nærmere mod centrum, jo mere fri følte man sig. Omkring stien voksede smukke og sunde blomster, der med deres farver bød en varmt velkommen. Efterhånden passerede man flere og flere store, hvide tingester, der gjorde en nysgerrig på at indtræde dem. Mægtige træer var at se alle vegne og skabte en tryghed så behagelig, at man med det samme følte sig hjemme.

Agua bevægede sig let over de hvide sten, som en dråbe, der følger den sikre strøm. Snart endte dråben i et større fællesskab, nemlig i den skinnende sø.

Den lyste så smukt og skarpt på samme tid, at øjnene måtte kigge på den, men næsten ikke kunne. Omkring søen voksede en ramme af lysegrønne planter og omkransede det lysende centrum med håb.

I lange tider kunne man dagdrømme foran den næsten magiske sø, som man følte gjorde en renere blot ved at kigge på den. Men ikke altid kombineres drøm og virkelighed, men afbryder hinanden med deres forskelligheder. Her blev drømmen pludselig afbrudt af en virkelig stemme med virkelige fakta. Stemmen sagde, at denne sø voksede, i takt med at drømme gjorde det.

Denne lyse stemme tilhørte et meget lille væsen med store øjne og en ivrig glæde, man med det samme bemærkede. Chunlian hed hun.

Chunlian gjorde tegn til at fortsætte på den hvide sti. Hun standsede ved en lille bænk, der lænede sig op ad et af de store, hvide objekter med firkantede vinduer. Chunlian satte sig på bænken og begyndte at fortælle en historie: Inde i det store, hvide objekt lærte hun alt, hvad hun ønskede at lære, og alt, hvad hun aldrig havde vidst, man kunne lære. Men det havde ikke altid været sådan.

Hun kom fra en planet, hvor læring havde været forbudt. Ikke for alle, men for Chunlian. Hun var en af mange andre, der før fødslen var blevet forbudt nøglen til læring: Dannelsestegnene. Disse dannelsestegn var nødvendige at kunne mestre for at forstå viden. For viden var nedskrevet med dannelsestegn og derfor kun tilgængelige for dem, der forstod dem. Selvfølgelig kunne viden blive delt mundtligt, så det ville blive tilgængeligt for alle, men det var blevet ulovligt og dermed umuligt. "Der er en grund til, at visse er uvidende," blev der forklaret. Så hvis man var dømt som uvidende, var man dømt til et liv uden lovlig udvikling.

Men de, der mestrede dannelsestegnene, havde heller ikke samme vilkår. De vidende, som de blev kaldt, var inddelt i celler afhængigt af, hvor mange dannelsestegn de kendte til. I disse celler donerede de al den tid, de besad, indtil den til sidst var opbrugt. Når dette tidspunkt blev nået, skulle de gerne mestre det fulde dannelsestegnssystem, ellers var de dømt uvidende. Den lange tid, de vidende brugte i cellerne, handlede om at lære et system, der på et senere tidspunkt ville gøre viden tilgængelig. Ikke på at lære viden, der var nyttigt med det samme. "De må lære at lære."

Nogle få var dygtigere til dannelsestegnene end andre, hvilket resulterede i bedre vilkårspoint. Jo flere vilkårspoint, jo bedre vilkår og dermed jo bedre celler og behandling fra den vise.

Den vise var den mest vidende og dermed kåret til at være den viseste i hver celle. Den vise besad magter, som den kunne bruge, som den ønskede det. For det første besad den de videndes tid og kunne frit udfylde den med ord om de dannelsestegn, som enhver vis brændte for. For det andet besad den retten til at behandle de vidende på den måde, den fandt det nødvendigt, uanset om de vidende brød sig om det eller ej. For det tredje besad den afgørelsen af de videndes velfærd og fremtid. For den vises handlinger, ord og uddelte vilkårspoint havde en afgørende betydning for den videndes trivsel og udvikling. Den vise sad altså med den videndes fremtid i sine hænder. "Det hedder retfærdighed."

Hele systemet var opbygget på en måde, der virkede alt andet end optimalt for de videndes udvikling, som ellers var dets formål. De skulle donere al deres tid til en vis, der var tvunget til at følge systemets rammer og ikke de videndes, lige meget om den vise ønskede det eller ej. De skulle acceptere kun at lære om dannelsestegnene, der først ville blive nødvendige efter celletiden. Og de skulle lægge deres liv i en andens hænder, der alt for ofte formede det negativt.

Chunlian, der var dømt uvidende før fødslen, var ivrig efter at få adgang til viden. Så hun gemte sig ofte bag celledørene og forsøgte at lære dannelsestegnene gennem dørens sprækker. Dog var det begrænset, hvad hun lærte.

Hun undrede sig over, om det også var begrænset, hvad de vidende, der befandt sig inde i cellen, lærte. For gennem sprækken kunne Chunlian høre en monoton stemme, der snakkede uafbrudt og på en lettere uforståelig måde. Chunlian kunne se de vidende sidde næsten ubevægelige på lange rækker. Hun opdagede, at de var spændt fast med lænker, så kun den vise kunne styre, hvornår skulle løsne sig. Deres ene hånd bevægede sig til gengæld konstant og nedskrev hvert et ord, den vise sagde. En sjælden gang imellem stillede den vise et spørgsmål, løsnede lænkerne, og de vidende bladrede ivrigt i deres papirer, indtil de fandt det svar, den vise ledte efter. Vilkårspoint blev fordelt. Således fortsatte det på samme måde, indtil de vidende havde doneret så meget tid til den vise, at de selv følte sig fattige på den. Til gengæld havde de lært dannelsestegnene, og de, der endnu havde kræfter til det, anvendte dem for at forstå selvudvalgt viden. Men det var altså langtfra alle, der kunne overskue dette efter celletiden.

Engang Chunlian kiggede gennem cellesprækken, fik hun et chok, som hun aldrig ville glemme. Denne celle havde hun fulgt fra begyndelsen, dengang de videndes øjne havde været fyldt med en energi og nysgerrighed. De havde været spændte på at skulle lære de nødvendige dannelsestegn og var ivrige efter at forstå hvert ord, den vise fortalte. Efter noget tid var en del af denne livsglæde forsvundet, men Chunlian tænkte, at de formentlig bare var trætte af det hårde arbejde, som celletiden bød på.

Men tredje gang, Chunlian kiggede gennem cellesprækken, mødte hun et syn, der stadig forskrækker hende, hver gang hun tænker på det: De vidende sad på deres rækker som altid, men stemningen i cellen var som aldrig før. Nogle sad med lukkede øjne. Nogles hoveder hang så tungt, at hvis ikke det var for lænken, ville de falde forover på gulvet. Nogle sad med fortvivlede øjne og tårer løbende ned ad kinderne. Nogle diskuterede arrigt, om det virkelig kunne passe, at de skulle donere al deres tid til denne meningsløse celle. Nogle sparkede frustreret med arme og ben, og det så ud til, at de forsøgte at slippe væk. Nogle tog uafbrudt noter, selvom deres fingre var blodige. Nogle sad med et sindssygt udtryk i øjnene og hviskede spydige ord til dem, der så ud til at være upåvirkede af situationen. Alt imens den vise uafbrudt talte med sin monotone stemme: "De nødvendige dannelsestegn ···"

Chunlian gispede og trak sig væk fra celledøren. Aldrig havde hun set noget lignende. Hun kiggede gennem de andre døre. Samme katastrofe. Denne celletid kunne umuligt påvirke deres planet positivt. Systemet var så unaturligt, at hun ikke kunne forestille sig, at noget levende havde opfundet det. Var denne celletid virkelig til for at udvikle de vidende som individer? For at forberede dem på deres fremtid? Var systemet virkelig til for de videndes skyld, og hvis ikke, for hvem så? Var der en højere magt, der fik noget ud af celletidens virkning på de vidende og ønskede, at det skulle forblive som nu?

Chunlian var fyldt med en fortvivlelse og uro omkring sin planet. Hun ønskede en forandring af celletidens system, men pludselig blev hun i tvivl om, om forandring overhovedet var lovlig. Hun kunne ikke huske, at hun nogensinde havde hørt om udvikling, forandring og forbedring af systemet. Var der en grund til dette?

Chunlian var så bekymret for de vidende og endda de vise, der også var tvunget til at efterfølge systemets regler. For selvom de vidende og vise var utilfredse med celletiden, accepterede de den i sidste ende. Men Chunlian så dens alvorlige indflydelse på planeten; væsnerne lærte ikke, hvordan de skulle håndtere deres egne eller planetens problemer. De skabte konstant flere og flere, og det var for længst blevet uoverskueligt for dem at forstå, hvordan problemerne kunne løses.

Hvis ingen andre havde tænkt sig at gøre noget ved systemet, ville Chunlian gøre det. For én ting vidste hun: En katastrofe må ikke ignoreres eller accepteres. Hun måtte handle nu.

Handlingen førte ikke til en kamp mod de uvidende, de vidende eller de vise. Men til en kamp mod systemet, der havde skabt disse inddelinger.

Snart indså Chunlian, at for at opnå det, der burde være celletidens formål: opnåelse af viden, forståelse af omverdenen, individets egne erkendelser og dermed udvikling, måtte et helt andet system blive oprettet. Intet i celletidens system bidrog optimalt til disse 4 formål, faktisk for det meste det modsatte. Nytænkning var nødvendig.

Derfor forlod hun sin planet for at finde et sted, der kunne rumme det læringssystem, hun fandt ideelt. Hun rejste ikke længe, for der var alligevel ikke store krav til stedet, hun søgte. Blot at det rummede en accept af evig forbedring og udvikling og forståelse for systemets brugere. Chunlian var rejst til den lysende planet, hvor udvikling allerede fandt sted.

Hun byggede dette læringssted til alle dem, der ønskede at lære. Rummene indenfor var tilpasset læringen, som den skulle rumme. Hvadend det handlede om naturen, planetens historie og fremtid, tænkning, kunst, omsorg eller noget andet, var rummets form, størrelse og placering indrettet efter dette. Og læringen kunne lige så vel finde sted udendørs, hvis det var ønsket.

De, der lærte fra sig, tilpassede sig også dem, der modtog læring. De tilpassede sig niveauet, behovet og interessen. Alt indgik i en balance mellem den, der lærte fra sig, og den, der modtog læring. Dette læringssted var bygget op omkring idéen om viden, forståelse, erkendelse og udvikling. Fire ting, der er uadskillelige og afhængige af hinanden.

Chunlian fortalte de sidste ord med en inderlig glæde og stolthed. Hun gentog, at hun her lærte fra sig, lærte alt, hvad hun ønskede at lære, og alt, hvad hun aldrig havde vidst, man kunne lære. Og denne læring, kombineret med hendes egne oplevelser og overbevisninger, var nødvendig for at forstå verden, og hvordan hun kunne bidrage til at forbedre den. Forstå fortid, nutid og fremtid og forbindelsen mellem dem. Forstå, hvordan hun skulle behandle andre og måtte blive behandlet. Og forstå, hvordan hun kunne forbedre sig selv og sine handlinger. Alt sammen det, der bidrog til et væsens evige udvikling.

13

Orion skrev eftertænksomt den sidste sætning på papiret, før han kiggede taknemmeligt på Chunlian. Han følte en stor inspiration af dette lille væsen. Om det var dette læringssted eller noget, der altid havde boet i hende, var hun i sandhed god til at lære fra sig.

Orion og Chunlian sad i stilhed og nød den trygge stemning, der levede imellem dem. Efter nogen tid kiggede Chunlian alvorligt på Orion og sagde: "Det er også vigtigt, at man forstår, at man aldrig kan nå læringens ende. Jeg mener, i celletiden var målet at lære dannelsestegnene. Og når det mål var opnået, troede mange vidende, at de havde lært det, der på planeten var at lære. At de havde opnået det fuldendte, der var at opnå. De var aldrig blevet fortalt, at der var mere end det. De var aldrig blevet præsenteret for et perspektiv, der så, at der fandtes mere i verden end den viden, de vise skulle lære fra sig. Og da de vidende ikke vidste bedre, troede de, at de vidste alt.

Det, jeg siger, er, at man aldrig må tro, at man ved alt det, der er at vide. Hvis man tror det, fortæller det kun, at man ikke besidder en indsigt i, at der i det store perspektiv er så lidt, man ved. For lige så snart man kender til mere viden, opdager man på samme tid al den viden, man ikke kender til. Og hvis et læringssted uddanner nogle, der tror, at de har lært alt, er der noget alvorligt galt. Man kan aldrig nå læringens ende, selvom det i celletiden var antaget, at det var muligt.

Man må på et læringssted i stedet træne dem, der lærer, i det essentielle i at have et åbent sind, en nysgerrighed og en tro på, at der findes mange flere perspektiver end ens eget eller få andres.

Da jeg forstod dette og indtog et åbent sind, var det, som om der på samme tid åbnede sig døre af andres perspektiver for mig. Perspektiver, som jeg selv kunne indtage. Perspektiver, der fik mig til at forstå, hvorfor disse perspektiver mente og handlede, som de gjorde.

Disse perspektiver, der var anderledes, men lige så rigtige som mit eget, tilhører mine to venner, som jeg ønsker, at du skal møde."

Hun rejste sig fra bænken foran læringsstedet og gik langsomt videre på den hvide sti. Orion smilede ved tanken om, at han med sikkerhed besad et nysgerrigt sind. Han kunne næsten ikke vente med at møde de to fremmede væsner. I øvrigt følte han sig umådelig taknemmelig for den venlighed, han hos alle havde mødt. Var det mon den lysende planet, der påvirkede alle med en venlig udstråling? Eller var det væsnerne, der besad venligheden og påvirkede planeten? Det var i hvert fald tydeligt, at der eksisterede et fundament af godhed på planeten og i dens beboere. Og at det gjorde Orion endnu mere nysgerrig på at undersøge, hvordan dette fundament var blevet bygget op, og hvor længe det havde stået der.

Havar og Raven kiggede nysgerrigt gennem de runde vinduer i deres hjem. De havde ikke set en fremmed i lange tider.

"Jeg åbner døren," sagde Raven, der var så spændt på dette møde.

Orion havde netop sagt på gensyn til Chunlian, idet han fik øje på en pludselig bevægelse i en af de store objekter tæt på. En bevægelse af noget, der åbnede sig. Orion bevægede sig tættere på og spærrede pludselig øjnene op. For i det samme kom to meget forskellige væsner ud af det store, fremmede objekt. Det ene var småt, havde mørkt hår og en hud med en farve som nødder. Det kiggede venligt på Orion med et forstående udtryk i de mørkebrune øjne, der lyste fra et karakteristisk ansigt. Det andet væsen var højere, men slankere og havde hår så lyst som den klareste stjerne. Det kiggede undersøgende på Orion, men han fornemmede også et kritisk blik fra det elegante, lyse væsen. De stod alle tre og betragtede hinanden, indtil Raven, der havde åbnet døren, spurgte, hvem Orion var.

"Jeg er Orion," svarede han.

"Interessant," sagde Raven og kiggede på Havar. Hun fortsatte:

"Og hvad har bragt dig hertil?"

Orion tøvede. "Det er ikke en handling på en tilfældig tanke," sagde han forsigtigt.

"Javel. Og sig mig, Orion, er du flygtet fra en planet, eller kommer du her af egen fri vilje?"

"Åh Raven, byd nu Orion indenfor i vores hjem, og spar ham for dine spørgsmål," sagde Havar til Raven, der rynkede sine øjenbryn.

Orion måbede, da han trådte ind i deres hjem. I det runde rums centrum snoede en trappe sig fra gulv til loft. Trappen var et levende træ, hvis grene harmonisk skabte trinene. Ved brug af trappen bevægede man sig sammen med træet højere mod himmelen.

Rundt om det voksende centrum stod forskellige planter i alle højder. Nogle bar frugter, andre blomster og nogle blot mægtige, mørkegrønne blade. Væggene var af træ og blev oplyst i en smuk rødlig farve af solen, der stod ind gennem de runde vinduer. Dette hjem virkede til at være i live. Det rummede så mange små forskelligheder, der sammen skabte en forenet helhed. Det så ud, som om hver en forskellighed var nødvendig for at opnå den samlede helhed. Orion havde ikke før tænkt på, at dette var muligt, men nærmere at forskelligheder umuliggjorde en helhed. Åbenbart ikke.

"Tænksom ser han ud til at være," hviskede Raven til Havar, der var i færd med at vande de mange planter.

"Sikke du konkluderer i dag," svarede han.

"Han sagde, at hans rejse hertil ikke var en handling på en tilfældig tanke. Måske er han... Tror du, han er...?"

"Stille, Raven," tyssede Havar, før han hviskede: "Svaret lever i fremtiden, det ved du. Det nytter ikke noget at fremskynde det, tværtimod. Vi må give Orion den tid, han behøver, før han selv og nogen anden ved det. Det eneste, vi kan gøre, er at fortælle ham om vores fortids historier og *undlade* ham vores spørgsmål. Hører du?"

Raven sukkede og gik hen til Orion. Hun tilbød ham at sætte sig ned. Da Orion havde sat sig, fortalte Raven, at de ikke stammede fra denne planet.

"Ligesom de andre væsner," tilføjede Orion.

Raven så tænksom ud. "Så du har snakket med flere. Det må betyde, at ..."

"Raven!" udbrød Havar.

"Undskyld. Som jeg sagde, vi kommer ikke herfra, men fra to forskellige planeter, der har det tilfælles, at de på ingen måde ligner denne. Jeg er sikker på, at du er interesseret i at høre vores historier." Raven smilede, da Orion med det samme nikkede. Hun kiggede på Havar og gjorde tegn til, at han skulle begynde.

15

"Mørket efterfølges af lyset. En sort tunnel er det kun med en hvid ende. Nat dør, når dag fødes. Efter det, der føltes som uendelige tider med ondskab, mørke og had, begyndte lysets dag. Jeg ankom til den lysende planet, som vi sammen befinder os på, i en tid, hvor mine øjne havde kendt til for meget mørke.

Jeg mærkede et stød gennem hele min krop, og pludselig lå jeg på en gul mark, der på en uforklarlig måde så ud til at spejle sig i den dybblå himmel. Et magisk sted, tænkte jeg. Jeg ømmede mig, mit sind gjorde ondt. Jeg kiggede mig omkring og forventede at se det, jeg var vant til. Men der var ikke et øje og ikke de 5 mure, der adskilte ulykkelige sjæle fra hinanden, så halvdelen blev misbrugt, og den anden aldrig ville blive det. Her var stille og ikke lyden af den skarpe tordenrøst, der uafbrudt ønskede uretfærdighed mellem planetens to racer, som de blev kaldt. Stedet var til gengæld fyldt med en ro, som om det aldrig havde oplevet den konstante forvirring, frygt og frustration, jeg havde hørt i de lyse skrig. Jeg rejste mig og fik pludselig øje på noget, der lå længere henne på marken. Da jeg nærmede mig, så jeg, at det bevægede sig, og jeg spurgte, om det havde brug for hjælp."

Havar holdt inde og kiggede på Raven, der fortsatte: "Hvordan kan man skabe en helhed, hvis man ekskluderer en del af den?"

Havar fortalte videre: "Det fremmede væsens ord efterlod mig forvirret tilbage. Hvem var hun, og hvor kom hun fra? Hendes sætning genkendte jeg med det samme, for den havde jeg nemlig selv båret på så længe. Dens sandhed havde frustreret mig, fordi ingen, der kendte til den, turde at sige den højt. Åbenbart tog jeg fejl. Havde denne fremmede oplevet det samme som mig?"

Raven fortsatte: "Foran mig stod et lille væsen med mørke øjne, der udstrålede, at de også havde set mørke. Alligevel kiggede han venligt på mig og spurgte mig, om jeg behøvede hjælp. Jeg kunne se på hans forstående blik, at han ville lytte til mit hjertes ivrige stemme, derfor talte jeg. Jeg fornemmede hans forvirring, men ikke, om han var enig eller uenig i min udtalelse."

"Jeg var enig," indskød Havar.

"Ja, og det fortalte du mig også. Derfor delte jeg min forvirring med dig. Jeg vidste ikke, hvor jeg var, heller ikke, hvornår jeg var ankommet. Jeg kunne huske, at jeg var flygtet fra min planet, da intet andet end ulighed herskede. Det var modbydeligt. Jeg var, ligesom størstedelen af mit folk, åbenbart så anderledes, at vi fortjente intet. Vi blev gjort så forskellige fra det ideelle, at vi både mistede troen på os selv og modtog tvivlen på hele tilværelsen. Planetens væsner var inddelt i 10 ulige grupper. Den første gruppe indeholdt de mest "rigtige" væsner. Den tiende de mest "forkerte". De af os, der var mest "forkerte", havde forfærdelige vilkår. Vi modtog ingen hjælp eller omsorg, men kun had og bebrejdelser. Enten var vi født et forkert sted, hvor forfærdelige vilkår var, eller også blev vi i løbet af vores liv forkerte, så vi selv blev skyld i vores gruppering.

Få andre var derimod født de rigtige steder, eller blev rigtige i løbet af livet, så de opnåede vidunderlige vilkår i deres gruppe. De havde en overflod af ressourcer: Skatte, muligheder, føde. Disse få ejede alt, og de mange ejede intet. Planeten rummede en enorm uretfærdighed, der snart gjorde det umuligt for den enkelte at bekæmpe."

Raven tøvede, og Orion kunne se en tristhed i hendes blik. Der var stille for en stund. Det var Havar, der brød stilheden med sin rolige stemme: "På samme måde var uretfærdigheden vokset på den planet, jeg kom fra. De to racer, jeg fortalte dig om, var på samme måde dømt rigtige eller forkerte. Men dette var udelukkende besluttet før fødslen, så man kunne intet stille op med sin skæbne. Den var bestemt. Jeg havde en søster, som jeg oplevede, delte og lærte alt med. Vi var født på samme tid og opvoksede det samme sted. På nogle områder var vi som én sjæl fordelt i to kroppe. Enige og identiske. Men på andre områder levede en unik forskellighed imellem os, hvis dualitet skabte en interessant balance, som ingen af os ville kunne skabe alene. De omkring os havde spået, at vi som bror og søster hele livet ville gå hånd i hånd ad den samme lyse vej. Men de tog fejl.

Det begyndte med en mørk følelse, der udviklede sig til en tanke og forvandlede sig til en ond handling.

Tordenrøstens mørke og overbevisende stemme spredte sit budskab over hele planeten og hjernevaskede dem, der ønskede at blive den dominerende race. *Forskellen mellem de to racer må have konsekvenser!* Der blev skabt mening i, at den dominerende race var mere værd, besad flere evner og måtte prises på grund af dette.

Min tvillingesøster og jeg sad i vores hjem, da tordenrøstens uretfærdighed flåede døren op. De beskyldte mig for, at jeg helt upåvirket befandt mig i samme rum som min søster. At hun ikke havde fortjent denne behandling, men straks måtte udnyttes som enhver anden af sin race. *Hun skal kende sin plads!* De hev hende ud ad døren, før hverken hun eller jeg i vores forskrækkede sind nåede at opfatte, hvad der skete. Hendes fortvivlede øjne råbte på hjælp, men jeg stod ubevægelig i chok. Jeg så hende aldrig igen.

Hver dag hørte jeg, ligesom alle andre i den dominerende race, skrigene, når man nærmede sig de fem mure, der separerede de to racer fra hinanden. Det ville være umuligt at trænge igennem dem, for den ene mur var højere end den anden. Men jeg vidste, at min søster befandt sig derovre, og jeg forlod aldrig murenes grænse. Noget i mig håbede på, at hun en dag ville bryde igennem dem. Jeg vidste ikke med sikkerhed, hvad der fandt sted på den anden side af de fem mure. Men jeg var sikker på, at de havde det langt værre end os. Jeg kunne forstå på deres skrig, at de måtte blive behandlet ubarmhjertigt af dem, der fra min race kontrollerede dem. At deres rettigheder, selvbestemmelse og muligheder var blevet stjålet fra dem. Disse skrig lød konstant i lange tider, indtil noget uhyggeligt pludselig skete. Der blev stille. Med ét forsvandt alle lyde på den anden side af murene, og jeg gøs over den sandhed, der viste sig for mig. De havde givet op.

Jeg forlod de fem mure og betragtede ulykkeligt den verden, den halve verden, jeg befandt mig i. Der var ingen forskellighed. Planeten var styret af én race, der nu havde sejret. Det var uhyggeligt og tomt på samme tid. Hvor var dualiteten? Balancen, ligestillingen mellem de to?

Hvorfor ville man undertrykke og ekskludere en del af en befolkning? Dræbe halvdelen af en helhed? Kunne man ikke se, at det ville ramme en selv og blive en ulempe i sidste ende?

I den verden, jeg betragtede, var jeg den eneste, der så denne sandhed. Det var umuligt at vække fornuften i de sind, som tordenrøsten allerede havde hjernevasket med egoisme og løgn.

Det var herefter, at jeg ankom til den lysende planet. Og efter at have mødt Raven, hvis fortid på mange måder lignede min egen, traf vi sammen en beslutning, der blev afgørende for udviklingen af denne planet."

Orion smilede og kiggede ud ad vinduet. De havde bidraget til den skønhed, han så i planetens lysende centrum. Den beslutning, de havde truffet, måtte have været den rigtige. Han rettede igen opmærksomheden mod dem, og Havar sagde: "Vi havde begge indset, hvilken katastrofe ulighed skaber. Hvilken forhindring det er for et steds bæredygtige udvikling. Hvilket dræbende mørke det bringer. Derfor besluttede vi, at vi inderligt ville kæmpe for, at det mørke aldrig ville overvinde lyset igen. Vi ville kæmpe for at skabe et sted, hvor ligestilling og lighed for evigt ville eksistere. For vi kan ikke skabe en helhed, hvis vi ekskluderer en del af den."

Raven tilføjede: "Og vi opnåede vores mål. På denne planet er alle forskellige, men bidrager i lige høj grad til den samlede helhed. Med vores forskelligheder bliver vi ét."

Orion takkede Raven og Havar for deres gavmildhed af ord. Han var imponeret over deres synspunkter, der havde åbnet nye døre til forståelser for ham.

De tilbød ham at blive, men Orion trængte til at blive efterladt til sig selv og sine tanker. De tog afsked, og Orion forlod deres runde hjem.

Udenfor havde mørket sænket sig, og nattehimmelen viste stolt sit ansigt. Det smilede til Orion, og han kiggede beundrende på det. Han begyndte at gå langs den hvide sti, der næsten spejlede sig i stjernernes lys. Han gik i stilhed og nød den ro, der hvilede sig i natten.

På et tidspunkt fik han øje på et lys, som han aldrig før havde set. Det flimrede med varme farver. Det bevægede sig i takt med den stille vind og skiftede hele tiden form. Orion nærmede sig forsigtigt. Jo tættere han kom på det fremmede lys varmere, jo blev det. Nu så han, at det lyste fra jorden, som om en af solens stråler var landet netop her. Han beundrede denne mystiske varme og lagde slet ikke mærke til det, der omkredsede den; rundt om bålets flammer var sytten sten placeret i en næsten perfekt cirkel. Pludselig fik Orion øje på dem og måbede, da han så de smukke farver, som stenene havde. Flammerne oplyste stenene med et gyldent lys og fik de røde, gule, grønne og blå nuancer til at se magiske ud.

Orion indtrådte stenenes kreds og mærkede et sus gennem sin krop.

”Hvad sker der?” spurgte han højt.

I det samme fangede bålet hans opmærksomhed med en kraftig flamme og tog form af to halve cirkler. De nærmede sig hinanden, men lige så snart ilden næsten dannede en fuldendt cirkel, blev de frastødt og forblev to halve. Flammerne gentog dette hurtigere og hurtigere. Orion, der var faldet ned på jorden i forskrækkelse, rejste sig og bevægede sig nu tættere på de vilde flammer. Med ét forstod han, at *kun han* kunne bringe de to halvdele sammen. Han løftede begge hænder og tog beslutsomt endnu et skridt mod flammerne. Hans hænder blev varmere, men han trak dem ikke til sig.

I stedet lukkede han øjnene, og billedet af de to halve cirkler, der nærmede sig hinanden, viste sig i hans sind. Orion tog en dyb indånding og ønskede inderligt at forvandle det splittede til en helhed. Pludselig så han de to halvdele forene sig til en mægtig cirkel. Orion åbnede øjnene og så en cirkel af ild, der lyste så kraftigt, at Orion blev blændet. Han faldt bagover, og alt blev hvidt.

17

”Jeg fornemmer, at du er vågen.”

Orion åbnede langsomt de tunge øjenlåg, der skjulte synet af den fremmede stemme. Han gispede, da han så det væsen, der stod foran ham. Dets hud var lys som sne, men hvor øjnene skulle have siddet, var i stedet to kulsorte ar. Det løb Orion koldt ned ad ryggen, men han kunne ikke fjerne blikket fra det uhyggelig syn.

Væsnet bevægede sig nu tættere på ham, og Orion forsøgte at rejse sig, men han var endnu for svimmel. Det var, som om de indhullede og tomme øjne kiggede direkte på Orion og på magisk vis gjorde væsnet i stand til at gå målrettet mod ham.

Orion blev så bange, at han udstødte et kort skrig, idet stemmen igen talte: ”Du skal ikke blive forskrækket ved synet af mig.”

Det stod nu så tæt på Orion, at han kunne have rørt det mørke, der erstattede to øjne, hvis han turde.

”Jeg vil dig intet ondt, Orion, tværtimod. Du har ligget her på bænken under træet hele natten. Jeg fandt dig ved Den Endelige Plads i går aftes, og jeg var sikker på, at du havde brug for hjælp. Jeg vidste ikke, hvor længe du havde ligget der, så jeg bragte dig straks til mit hjem. Du var så varm, så jeg mente, at du trængte til frisk luft. Og det fik du. Jeg tror allerede, at du har det bedre, har jeg ret?”

Orion fremstammede nogle uforståelige ord i sin voksende forvirring. Allerførst havde han troet, at han var vågnet på sin egen stjerne med de velkendte atten vægge, der omkransede hans lille univers af bøger og tryghed. Pludselig huskede han, at han havde mødt de seks væsner, der alle havde fortalt ham deres værdifulde historier. Men Orion huskede ikke, hvad der havde ført ham til dette væsen. Den Endelige Plads? Pludselig viste et billede sig i hans sind.

”En fuldendt cirkel!” udbrød Orion.

Væsnet lagde hovedet på skrå, som om det prøvede at forstå, før det sagde: ”Interessant. Jeg har på fornemmelsen, at tiden til uddybelse af denne udtalelse vil komme, og at det har en relation til Den Endelige Plads. Men det er ikke dette øjeblik. For netop nu vil jeg bede dig at følge med mig. Der er noget, jeg vil fortælle dig.”

Orion følte sig en smule mere tryg ved væsnet, der havde hjulpet ham og vist denne store venlighed. Han rejste sig forsigtigt fra bænken og besluttede at følge efter væsnet, der allerede var på vej videre ad den hvide sti. Pludselig stoppede det, og Orion forstod hvorfor. De stod for enden af en meget høj trappe, hvis top måtte række langt op i himmelen.

Trappen stod uforklarligt midt i ingenting, og Orion var så opslugt af den, at han kun lige opfattede, at væsnet var på vej derop. Uden at tænke over det fór Orion efter væsnet, op ad de mange trapper.

”Vent,” råbte Orion forpustet.

Orion blev mere og mere svimmel, i takt med at hans forvirring om trappen voksede. Det så ud til, at der var uendelige trin. Hver gang Orion mente, at han nærmede sig toppen, begyndte en ny række trin og tvang Orion til at fortsætte opad.

Han havde for længst mistet væsnet af syne og var flere gange ved at opgive. Han var nu nået til et punkt, hvor han ikke længere kunne mærke sine fødder, men kunne se, at de bevægede sig. Samtidig kunne han mærke noget andet: Mystiske tanker i sit sind.

Er det muligt at kæmpe, hvis man ikke kan se sit mål? Hvis en trappe pludselig mister et trin, vil det så være umuligt at nå dens top?

Orion kneb øjnene sammen og prøvede at forstå sine tanker, imens han endnu løb op ad trapperne. Midt i det sorte så han et billede for sig; trapper, der roterede. Han så dem oppefra. De roterede hurtigere og hurtigere, og nu lignede det, at hvert trin smeltede sammen og blev til en bevægelig cirkel. Pludselig så Orion ikke længere cirklen af trapper oppefra, men var fanget som centrum i den. Han ønskede at stoppe de bevægelige trin, så han kunne bestige dem og slippe ud. Et for et, og nå deres top. Hvis ikke dette lykkedes, ville han være fanget i trappens centrum til evig tid. Det var han sikker på. Cirklens snurren skabte en kraftig vind omkring Orion, og han kunne snart ikke holde balancen. Orion havde mistet overblikket og kunne ikke længere se sit mål. Han kiggede opgivende på den roterende cirkel og så, at der var et hul i den, som om et af trinene manglede.

Endnu en mystisk tanke indtrådte Orions sind; hvis springet er for højt, er der så nogle mål, der aldrig kan nås? Eller findes der altid en løsning? Kan man skabe et trin selv eller reparere eller nytænke?

Orion blev klar over, at han selv var den eneste løsning, der kunne få ham ud af den bevægelige cirkel. Han måtte udfylde cirklens mangel. I sit sind løb Orion mod den usammenhængende cirkel og blev fyldt med en enorm helhedsfølelse. Han opdagede, at han nu var en del af cirklen. Han udfyldte hullet, der havde været imellem trinene. I et kort øjeblik svævede Orion i takt med cirklen af trin og bevægede sig højere op. Den roterede nu langsommere, indtil alle trinene til sidst stod stille. Orion fortsatte op mod trappens top uden at kigge sig tilbage, for han behøvede ikke at blive bekræftet i det; han vidste, at trappen var en fuldendt helhed.

En enorm blæst fløj ind over Orion og vækkede ham fra sine tanker. Han kiggede op og opdagede, at der ikke var flere trin. Han var nået trappens top. Ved siden af ham stod væsnet, men Orion kunne knapt nok genkende det. De sorte huller, der havde erstattet dets øjne, var forsvundet. I stedet lyste to store, mørkeblå øjne og kiggede direkte på Orion. Så talte det med en stærk stemme: ”Mit navn er Parshi. Jeg har bragt dig til overblikkets trappe for at vise dig det, mine øjne ser.”

Han slog ud med armene, og Orion måbede, da han så udsigten. Herfra kunne Orion se planetens centrum, men med et andet overblik end nogensinde før. På samme tid så han detaljer og helheder, hørte latter og stilhed. Det var som dengang, han sad på sin egen stjerne og som tilskuer beundrede den lysende planet. Bortset fra en ting: Nu var han både tilskuer og deltager. Han følte sig som en kugle med sit centrum alle vegne og sin omkreds ingen steder. Det var, som om alt var ét. At afstanden mellem overblikkets trappe og den lysende planets centrum var lig med ingenting. Orion fik en følelse af, at afstanden mellem alt i hele universet var lig med ingenting. Fysisk var der en afstand, men på et indre plan, der var uafhængigt af tid og rum, var alt én helhed og dermed uendelig tæt på hinanden.

"De tanker, der i dette øjeblik kredser i dit sind, gjorde det engang lige så vel i mit. Faktisk i os alle 17 væsner, der før dig har besteget de mange trapper," sagde Parshi. Han fortsatte: "Overblikket, som trappen giver os, skaber en ny tankegang i os. En tankegang, der bringer os nærmere forståelsen af helheden. Hør Orion, jeg har ikke altid levet uden mit syn. Jeg kommer fra en planet, hvor jeg selv var skyld i at miste det. Jeg levede med øjnene indad og var ikke opmærksom på andet end min egen udvikling, egne planer, eget liv. Jeg mistede evnen til at se andre og nødvendigheden i at samarbejde med dem. Jeg blev egoistisk og levede i en forestilling om, at jeg var uafhængig af andre. Til sidst *så* jeg slet ikke andre.

Jeg kan ikke fortælle dig, om det var, fordi de ikke længere eksisterede, eller om jeg bare ikke fokuserede på dem, for jeg kan ikke huske det. Jeg husker kun, at jeg var så opslugt af mit eget liv, at mit syn til sidst blev unødvendigt. Det forsvandt.

Jeg havde ubevidst levet i en sort tåge, hvor kun mine egne tanker lyste det grå op. Uden synet så jeg nu denne samme tåge, men forskellen var, at jeg ingen mulighed havde for at se andet. Mit eget indre, som jeg konstant havde levet i, var jeg nu fanget i. Denne forskel mellem mit eget valg og intet valg forskrækkede mig.

Jeg ønskede ivrigt at gøre mine egoistiske tanker og handlinger om, men det var for sent. Der var intet håb for mig. Intet håb, indtil den dag, et lysegrønt lys, jeg aldrig før havde set, viste sig i min indre mørke tåge. Jeg fulgte efter det, imens jeg ønskede, at det ville give mig en ny chance. Jeg rejste langt og lod aldrig det lysegrønne lys forlade mit sind.

En dag stødte jeg på noget hårdt og opdagede, at det var en trappe. Jeg besteg dens utallige trin hele vejen til toppen. Her blev jeg overvældet af et utrolig smukt syn. Jeg havde øjne igen, og denne gang øjne, der så ud over min egen horisont. På det tidspunkt stod én ting ganske klart for mig: Hvis man vil opnå det ideelle, er det kun muligt, hvis man samarbejder.

Jeg besluttede at leve herefter og kæmper nu for at skabe og vedligeholde samarbejdet mellem alle på vores lysende planet. Jeg viser dette sted på toppen af de mange trapper til alle dem, der må indse nødvendigheden i, at samarbejde er afgørende, hvis vi vil nå et fælles mål. For stedet her har en evne til at vise de bestigende det overblik og den indsigt, der allerede bor i dem." Parshis mørkeblå øjne lyste, før de pludselig kiggede alvorligt på Orion.

"Men min fortids grådighed og egoisme har haft konsekvenser. Et skræmmende syn i form af mørke ar erstatter mine øjnes evne til at se. Og somme tider bliver alt endnu mørkere, når jeg også mister mit indre syn. Mit overblik."

Et stille suk fra Orion fortalte, at han havde ondt af Parshi. Men Parshi smilede blot og fortsatte: "Men når jeg mister overblikket, kan jeg bestige de utallige trapper, der gavmildt giver mig synets evne tilbage og viser et overblik i den klareste form. For glem aldrig, Orion: Selv den, der har begået den største fejl, vil livet se på med sine barmhjertige øjne."

Hvis man sad langt borte på universets sidde-plads, ville man få øje på to leende væsner, der beskuede og var en del af et livligt landskab. De smi-lede tilfredse over det samarbejde, de kunne se, og den helhedsfølelse, de kunne mærke. Og som man sad der, langt, langt borte i universet, syntes man at kunne fornemme, at alt var blevet en anelse smuk-kere. Alt syntes en anelse lysere.

Et uendeligt univers. Således er det beskrevet. Hvis universet er uendeligt, kunne det tænkes, at alt i universet blev gentaget eller foregik flere steder på samme tid, da der i det uendelige ville være så mange muligheder for det. At alt foregår på samme tid, betyder, at alle tænkelige muligheder på en handling finder sted på samme tid. Hvis dette skal kunne lade sig gøre, må der eksistere flere forskellige universer i det samme univers. Paralleluniverser. Men hvis flere universer eksisterer på samme tid det samme sted, må der være mere end blot tre dimensioner. På den måde vil universets måske utallige dimensioner overlappe hinanden, foregå på samme tid og måske endda påvirke hinanden.

I et uendeligt univers med denne mulige sandhed kunne et univers med dets påvirkning inspirere eller forandre et andet univers' fremtid.

Orion gøs og rystede den underlige fornemmelse af sig. En mystisk, næsten forskrækkende følelse havde pludselig fyldt ham op, imens han havde kigget op på den lysende nattehimmel. En fremmed tanke, Orion havde svært ved at rumme.

Det var næsten uforklarligt, men pludselig havde han følt, at han ikke var den eneste. At denne natte-himmel eller planet, som han befandt sig på, ikke var den eneste. Som om noget tilsvarende, men på samme tid modsat, eksisterede. Men ikke, at det ville

eksistere i fremtiden, eller havde eksisteret i for-
tiden. Nej, at det eksisterede netop nu, parallelt med
Orions nuværende tanker.

Han rystede igen på hovedet i et forsøg på at vinke
farvel til den uhåndgribelige tanke.

I det samme syntes Orion at mærke en fugtig
brise, og da han vendte sig om, fik han øje på et frem-
med væsen. Som altid væltede en enorm nysgerrig-
hed ned over Orion, og han glemte med ét den
uforklarlige følelse.

Det fremmede væsen var klædt i blåt. Dets mørke, bølgede hår blæste vildt i vinden. De blå øjne var svære at tyde. Deres udtryk syntes at være både tilfreds og i længsel på samme tid.

Efter en stund i betragtningens stilhed skete noget voldsomt. Som en flodbølge brød væsnet pludselig sammen i gråd. Livet i tårerne afslørede en grufuld fortid, hvis uretfærdighed var blevet ignoreret for længe. Trods følelsernes uro begyndte væsnet at tale med en bevæget stemme. Dets navn var Tahi. Tahi havde levet på den lysende planet længe, men indrømmede, at noget afholdt ham fra at føle det samme om planetens lys, som de andre væsner gjorde. Han fortalte, at han skammede sig over denne følelse, for set med fornuftens øjne var der ingen grund til at bære på den. Her var det tydeligt for ham at se, at han levede i en verden, der burde være ideel. Han var omgivet af skønhed og kærlige væsner. Han burde have det godt. Men denne stikkende følelse af, at noget manglede, eller nærmere, at noget måtte forsvinde, afholdt ham fra at have det, som han burde. Tahi mente, at hans sorg skyldtes en følelse af at være forbundet med noget uønsket, men desværre også ukendt. Og det var denne uønskede følelse af længsel hos en sjæl, der ikke kunne se grunden til at bære den, der som en lænke bremsede Tahi fra at nærme sig planetens fulde glæde.

20

Solens første stråler smilede. Nattens dug vågnede langsomt og forlod de grønne blades lune dyner. En duft af energi og en stemning af ro blandedes og skabte skønheden, der bor i hver eneste morgen.

Orion og Tahi havde siddet under et mægtigt træ natten lang. Uendelige havde deres undren, diskussion og til sidst forståelser været. Opslugte af hinandens tanker havde de glemt tid og sted og havde denne nat levet i deres eget univers. Tahi havde fortalt Orion, hvorfor han i sin tid havde rejst til den lysende planet. Fortalt, hvordan han havde levet på en planet, hvis ubarmhjertige skæbne ikke var til at bære. På et tidspunkt var Orion kommet i tanker om den mystiske fornemmelse, som han havde følt, øjeblikket inden han havde mødt den dengang fremmede Tahi.

”Et identisk, men samtidig modsat univers, eksisterende parallelt med vores?” havde Tahi spurgt.

Under nattens stjerner havde de diskuteret den fremmede tanke, og jo dybere de bevægede sig ind i forståelsens klarhed, jo mere levende følte de sig.

”Tænk, hvis der er flere variationer af mig, som jeg ubevidst er forbundet til,” sagde Tahi.

De sad begge og overvejede det. En tanke strømmede ned i Orion, og han undersøgte den langsomt. Hvad hvis Tahi aldrig havde forladt sin fortids planet helt? Hvis en del af ham endnu levede derpå? Kunne det være muligt, at han var rejst til den lysende planet, efter hans forrige var blevet dræbt, men at der i et andet univers eksisterede en virkelighed, hvor han endnu befandt sig på sin forrige planet? Tænk, hvis han på en måde var forbundet til denne anden virkelighed, hvis stemning, følelser eller tanker evigt påvirkede ham? Hvis han var fastholdt i et andet liv, der på en måde var hans eget, men for ham selv, i denne virkelighed, var umuligt at styre. Orion smilede. Eller var det?

En sidste tåre løb ned i det døende hav. Som en regnbue uden farver lyste de få bølger, der var at syne. Beskidte nuancer af grå og sort udgjorde en dominerende masse og spredte sig som en dræbende sygdom overalt. Snart ville hele havet være dækket af de skinnende, giftige materialer. Tåren blev ét med bølgerne og påførte dem en glimt af naturlighed, før den forvandlede sig til den store mængde af ubarmhjertig gift, der slukker håb.

Tahi, der sad på en lille båd af snart råddent træ, lænede sig forover og ledte opgivende efter noget, der kunne redde ham, uvidende om hvad. Det syntes umuligt, nærmest tåbeligt at bevare en tro på, at havet kunne reddes. Skrald og forurening lå svøbende i havets overflade, så langt øjet rakte. Det var ikke til at se, men det rakte sig formentlig også dybt, dybt nedad mod havets bund og ville inden længe udgøre hele planetens hav. Det ville først stoppe med at sprede sig i det øjeblik, hvor den sidste dråbe var udtørret og udskiftet med skrald så tungt, at intet levende ville være i stand til at fjerne det. Da ville havet være udslettet for evigt, og den giftige masse af affald ville udfylde de store områder, hvor et sundt og rent hav engang havde eksisteret.

Tahis hud havde over den senere tid forandret sig til en lysere farve end hvid og øjnenes rander til en mørkere farve end kul. Han lignede ikke et levende væsen. Følte sig heller ikke som et. Han sukkede og padlede med langsomme bevægelser tilbage mod bredden.

Set oppefra fremstod Tahi blot som endnu en plet af skrald i det giftige hav. Lige så betydningsløs var han. Det var denne chokerende sandhed, der blev mødt af et væsen, der på samme tid var identisk og modsat den levende, lyse plet i havet.

Langsomt bevægede dette væsen sig tættere på sig selv. Nu sad han i en lille båd, hvor der ikke var plads til to. Han landede på kanten, og båden tippede.

Ubalancen forstyrrede Tahi, som hurtigt vendte sig om. Hans øjne mødtes med det fremmede og på samme tid velkendte væsen. Der var stille. Selv havets få bølger og de knirkende lyde af skrald holdt inde.

De sad tæt sammen i hver sin ende af båden. Det var, som om de i hinandens forvirrede og nysgerrige øjne trådte ind i hinandens ukendte univerer. Tahi kiggede ind i dybet og kunne i væsnets øjne se et lys så strålende, at han blev fyldt op med et inderligt håb. Han undersøgte dette lys og opdagede, at det kom fra noget stort. Det lignede en stjerne, men strålede varmere end det. Pludselig så han, at det var en planet. Gennem væsnets øjne bevægede Tahi sig tættere på denne lysende planet og måbede over det syn, der mødte ham. Planetens omkreds var et lys i nuancer af guld, så skarpt, at Tahi måtte knibe øjnene sammen for at bevare det i syne. På planeten skinnede dens jord, træer, floder og hav og udstrålede en vidunderlig balance. Det hele fremstod utrolig indbydende. Men det, der forbavsede Tahi mest, var de væsner, der levede på den lysende planet; lykkelige og frie væsner, som udstrålede en enorm kærlighed til livet. Tahi indså, at livet på denne planet var den eneste virkelighed, der var rigtig at leve i.

Midt i sin glæde og forståelse fik Tahi nu øje på nogle lange skikkelser, der skabte en dyster skygge over et af væsnerne på planeten. Tahi opdagede, at det var 14 lænker. Lænkernes fjorten ender var hæftet til planetens væsen, der pludselig udstrålede et sørgmodigt udtryk af længsel. Men Tahi kunne ikke se, hvad lænkernes andre ender var fastbundet til. Han kiggede på det lænkede væsen igen og gispede, da han så, at det kiggede direkte tilbage på ham.

Med et chok blev Tahi revet ud af sit syn. Han faldt bagover i båden og var nær væltet ned i det forgiftede vand. Men han gjorde det ikke, for noget holdt ham tilbage. Han kiggede sig forvirret omkring. Nu opdagede han, at fjorten lænker var fastbundet hans egen fod. Enderne af væsnets lænker var fastbundet ham selv.

Tahi satte sig op og mødte væsnets venlige blik igen. Han forstod. Langsomt, men sikkert løsnede han de tunge lænker fra sin fod og indåndede taknemmeligt friheden.

Tiden stod stille, men tankerne mellem de to i båden bevægede sig uendelig hurtigt. På samme tid smilede de og forlod den andens univers for altid.

Væsnet, der var ankommet til Tahis rådne båd, trak vejret dybt. Uafhængighed. Beslutsomt skubbede det Tahi ned i havets dræbende dyb. Væsnet smilede oprigtigt. Der var kun plads til én. Omkring sig mærkede han bådens rådne træ blive sundere, nærmest spire på ny. Frihed. Og i dette nu roede væsnet Tahi mod den lyseste virkelighed.

22

Sahar sad smilende på en af stolene af træ. Hun sad blandt andre leende væsner, men udstrålede i særdeleshed noget unikt, der fik hende til at skille sig ud fra mængden. Det var, som om hun strålede af stolthed og ydmyghed på samme tid. Det var tydeligt, at hun nød sine omgivelser og bevægede sig, som om hun gjorde alt for at passe på dem. Hun sad på den simple stol af træ, som om det var det smukkeste kunstværk. Og mens andre talte, kiggede hun indimellem rundt omkring sig og smilede for sig selv. Hun gjorde enhver nysgerrig på at høre, hvad der havde forårsaget hendes åbenlyse kærlighed til dette sted.

Og så fortalte hun. Med en hjertens glæde fortalte hun om sin ankomst til den lysende planet. Hun havde på afstand studeret planeten i tider, hvor det for hendes hjertes overlevelse havde været nødvendigt at kigge væk fra hendes egen planet. I sin fantasi flygtede hun til den lysende planet, der strålede af håb og nytænkning. To ting, der ikke eksisterede på den planet, hun var fanget på. Med hovedet lænet bagover beundrede hun den lysende planet og udviklede en enorm kærlighed til den. Hun forestillede sig det liv og den energi, der boede på den, og blev hver gang fyldt med en inderlig sorg, når hun huskede, hvor hun endnu befandt sig.

Hun tog afsked med sine drømme og vendte hovedet ned mod den barske virkelighed, som hun stod midt i. Som centrum mellem de mange høje og mørke konstruktioner, bevægede hun sig igennem det landskab, hun så længe havde kendt til. Jordiske, brune skyer af os omkransede hendes ydre og forgiftede langsomt hendes indre. En by i forrådnelse var, hvad hun boede i. Snavs og affald spredte sig og inviterede samtidig flere beskidte insekter og dødelige sygdomme til byen. Det var umuligt at tænke én positiv tanke på dette sted, der hvert øjeblik åd folkets håb og drømme.

Det folk, der for længst havde indset, at de var skyld i byens skæbne. Alligevel var handling, forbedring og redning forekommet dem enten umulig eller ligegyldig. I hvert fald havde folket ikke gjort noget for at ændre deres bys skæbne til positiv. Det eneste, de havde gjort, var at acceptere. En handling, der aldrig ville føre dem ud af deres elendighed.

Sahar, derimod, havde som et enligt mindretal kæmpet med alle sine kræfter. Hun nægtede at acceptere den død, byen bevægede sig imod. Hun gjorde alt for at overbevise sit folk om nødvendigheden i positiv handling, men mødte intet andet end kolde mure. Alle veje var blinde og altid afsluttet med det urokkelige. Der var ikke en eneste åbning, hvor hun med sit håb kunne trænge igennem og fortsætte. Til sidst havde hun nær mistet håbet selv og søgte i sit sind derfor væk fra byens katastrofe og truende, mørke skyer, som hun med sin krop befandt sig i.

En dag havde Sahar siddet på en spids kantsten nær en lugtende bakke af skrald. Hun havde kigget op mod den tågede himmel i et forsøg på at få et glimt af den lysende planet. Pludselig var 11 store og kulsorte, summende sværme af aggressive insekter gledet ind over himmelen og slukkede med ét dagens sidste lys.

Sahar vidste med det samme, hvad dette betød: Planetens ende. De sorte sværme var dødbringende og forgiftede enhver, de på få sekunder omsluttede. Deres summen skar i ørerne og overdøvede næsten de mange skrig og smerteudbrud, Sahar hørte overalt omkring sig. Hun var hjælpeløs, men rolig. Som en klippe i stormvejr betragtede hun det kaos, hun stod midt i. Det folk, der havde nægtet at handle på byens stigende problem, havde nu rejst sig og løb rundt med en utrolig energi. Det var, som om de først nu, så tæt på slutningen, havde indset byens værdi og nødvendigheden af dens overlevelse. Nu havde de mod på at kæmpe. Nu ønskede de at redde byen fra de mørke og giftige skyer, der så længe var vokset og havde spredt sig. Nu ville de redde planeten. Men dette nu fandt sted for sent. Kampen var forbi, før den for planetens folk overhovedet var begyndt. En efter en væltede de ned på den beskidte jord, med et håb i øjnene, der måske kunne have reddet dem, men var opstået alt for sent. Byen var dræbt af dens folk.

Som den sidste stående mærkede Sahar den stilhed, der efterfulgte den giftige summen. Tomheden voksede. Sahar kiggede op mod himmelen og kunne nu se en smal åbning gennem de mørke skyer af os. I åbningen så hun pludselig en strålen, hvis lys så ud til at kalde på hende. Hun faldt om.

Da hun igen vågnede, lå hun på nogle kridhvide sten og kiggede op på en lyseblå himmel. Hun indåndede den friske luft og hørte træernes hvisken i den stille vind. Hun smilede og vidste med det samme, hvor hun var.

Den lysende planet var langt smukkere, end hun nogensinde havde drømt om. Hun kiggede sig omkring og udviklede hurtigt en kærlighed til det vidunderlige sted, hvor hun befandt sig. Hun gik på en sti, så hvid og fin, der for hvert skridt, hun tog, fik hende til at holde mere og mere af alt, hvad hun så. Pludselig blev hun grebet af en følelse af, at hun måtte gøre alt for at forhindre en katastrofe, som den på hendes tidligere planet, i at finde sted her. Hun vidste, hvor uretfærdigt det var, at en uskyldig planet blev offer for ubetænksomme væsners handlinger. Hun lovede sig selv, og alt det smukke, hun så omkring sig, at hun ville opbygge en by, der aldrig ville møde en katastrofal skæbne. En by, der for evigt ville blomstre. En by af bæredygtighed. Denne drøm realiserede hun.

Sahar var forbundet med det samfund, hun skabte. Hun gennemtænkte steder at bo, at være, at udvikle sig og at lære i, som alle indbyggerne på den lysende planet kunne nyde og bruge. Planeten var altid centrum i det, hun skabte. Alt skulle komme den til gode og måtte aldrig blive en belastning. Med respekten for planeten og eftertænksomheden i dens bys opbygning opnåede Sahar sit mål: Skabelsen af en bæredygtig by.

Ord. Ord, der danser over bogstavers bølgede bakketoppe og nynner sig forbi mellemrummenes stille landskab. Ord, der smiler, som de bliver til. Ord, der hører til. Ord, der sammenslutter og skaber sammenhæng, oplyser og lyser op. Med andre ord: Ord, der giver mening.

Orions ord var ved at tage form. Hans skriverier og notater om væsnerne, indtrykkene og oplevelserne på den lysende planet havde lært at gå og løb snart i flyvende fart hen over de blanke sider papir, han havde bragt med sig fra sin stjerne. Han så ned på disse sider, hvor de netop skrevne sætninger om Sahar hvilede. Under de mange ord var resten af papiret ganske tomt. Han forestillede sig, hvilke bogstaver der ville indtage dem, hvilke fortællinger de ville komme til at bære på.

Orion trak på skuldrene. Det var ikke til at forudsige. Intet på hans rejse havde været til at forudsige. Og alligevel indrømmede Orion over for sig selv, at han havde forudsagt en hel fortælling, før han overhovedet var rejst til den lysende planet. En fortælling, hvis simpelhed nu stod blottet og afslørede, at den på ingen måde kunne rumme al den handling, der i virkeligheden havde fundet sted. Han kiggede på de blanke sider og smilede for sig selv. Han glædede sig til, at de uforudsigelige ord ville smile tilbage til ham.

Da Orion atter kiggede op fra sine papirer og mod Sahar, der havde siddet over for ham og fortalt sin historie, var hendes stol pludselig tom. Han så sig omkring, men hun var ikke at syne. I stedet var flere væsner ankommet til Den Runde Plads, som Sahar havde kaldt den. Orion fik øje på Raven og Tahi, der vinkede til ham, hvorefter de også satte sig ned. Orion genkendte flere ansigter og så Chunlian, Terra og Agua i færd med en diskussion, der så ud til at kræve deres fulde opmærksomhed. Orion fik en fornemmelse af, at noget betydningsfuldt skulle til at begynde på denne plads. Alligevel var disse tre væsner så opslugte af deres diskussion, at de ikke syntes at bemærke, hvad der foregik omkring dem.

”Så du påstår, at udviklingen er evig?” spurgte Terra tænksomt.

”Ja,” svarede Agua, før Chunlian spurgte: ”Og du tror, at udvikling er grunden til, at vi er her?”

Agua kiggede drømmende mod himmelen, før hun roligt svarede: ”Det er sandt. Det tror jeg. Men jeg ved, at det er noget, jeg tror.”

”Hvad mener du?” spurgte Chunlian.

”Det er ikke noget, jeg tror, jeg ved.”

De smilede, og Agua talte igen: ”Jeg kan ikke vide det med absolut sikkerhed, men jeg vælger at tro på mine erfaringer, der alle fortæller mig, at alt, jeg kan se, er i udvikling. Jeg kan ikke komme i tanke om noget i denne verden, der er stillestående. Jeg kan ikke få øje på noget, der ikke udvikler sig mod det bedre i sidste ende.”

”Hvis alt, hvad du kan se i verden, er i en udvikling, gælder det samme så også for alt i universet?” spurgte Chunlian.

Agua tænkte sig om. ”Heller ikke dette kan jeg påstå at *vide*. For *alt* er så meget større end mig, og jeg kan ikke sige noget som helst, der nærmer sig en sandhed derom. Derfor vil jeg ikke gøre det. Men hvad jeg *kan* udtale mig om, er det, jeg oplever og observerer i verden, og alt, hvad mine øjne hviler på, stræber efter udvikling. Lige fra blomsten, der spirer for en skønne dag at blomstre, til os, der lærer for en skønne dag at forstå.”

”Men hvorfor eksisterer denne udvikling?” spurgte Chunlian, nu en smule ivrigt.

”Måske er det, ganske enkelt fordi vi dermed bliver bedre, end vi var, før vi udviklede os, og dette er at foretrække?”

Stilhed. Efter en stund sagde Terra: ”Når jeg tænker over det, synes jeg også at ane et mønster, der gælder alt, jeg kigger på. Se eksempelvis på vores forrige planeter; det var tydeligt for os alle hver især, at en udvikling var nødvendig, både for alles overlevelse og velbehag. Erkendelser og handlinger derpå måtte bringe udviklingen på vej, men katastrofer tog overhånd og forsinkede udviklingen. Men konflikterne udslettede den ikke, for udviklingen er nu fortsat her på den lysende planet. Ja, den blomstrede jo videre, da vi hver især bragte den med os hertil. Det mønster, der er gældende overalt i småt som stort, er altså et mønster, der sikrer udvikling, lige meget hvad der sker. Alt, der sker mod den, vil enten forsinke eller bringe den videre, men den vil bevæge sig fremad lige meget hvad på et eller andet tidspunkt og måske endda for evigt. Sådan som jeg ser det, giver det derfor ingen mening at modarbejde en udvikling, for den vil ske uanset hvad. Ja, klogest vil være at acceptere den og derefter gøre alt i verden for at male videre på dens strålende mønster."

De tav et øjeblik, før Chunlian igen rettede blikket mod Agua og spurgte: "Er det også dette mønster, du taler om, når du dermed kalder udviklingen *evig,* Agua?"

"Ja, det er det. Men som sagt vil jeg ikke forsøge at overbevise dig om, at det er sandt. Jeg har ikke øjne til at se så langt ud i universet, hvor dette mønster, vi taler om, også burde gælde. Men de steder, mit blik kan beskue og mit hjerte fornemme, oplever jeg mønstret om evig udvikling stå lysende klart. Disse erfaringer får mig til at tro, at udviklingen er evig, og at vi er her i verden for at bevæge os fremad med den mod noget endnu bedre. Men hvilket bedre og hvor det så vil føre hen, det aner jeg ikke. Men hvis jeg igen følger udviklingens mønster, tror jeg, at det er endnu mere vidunderligt end her."

De smilede og tænkte alle for en stund. Så stillede Chunlian endnu et spørgsmål, mens hun kiggede ud i luften: "Uanset om universet handler om udvikling eller ej, så gad jeg vide, hvorfor det eksisterer, fremfor at det ikke gør. Er det bare, fordi massen er at foretrække fremfor tomheden? Sikkert er der en mening, som jeg blot er for lille til at begribe, så min undren er ikke for at gennemskue denne mening. Blot hvorfor der overhovedet *eksisterer* en mening, fremfor ingen? Hvorfor eksisterer alt fremfor intet? Er det bare for fornøjelsens skyld? Eller er mit væsen også for småt til at begribe svaret på dette?"

Orion nåede ikke at høre, hvad der dernæst blev sagt, for i det samme kom Sahar tilbage med en stol til Orion. Hun sagde, at han med glæde kunne sidde her, imens de var i gang, men at han endnu ikke kunne være med til at træffe beslutningerne, fordi han jo ikke var ekspert på områderne. Endnu, selvfølgelig, sagde hun med et smil. Orion satte sig forvirret på stolen, men fik ikke mulighed for at stille nogen spørgsmål. For i det samme ankom tre væsner, som Orion aldrig før havde set, og alle blev med ét stille.

25

Imellem de seks runde borde af træ, der nu alle var omkranset af tre stole, stod en lille platform som centrum på Den Runde Plads. Parshi, der også netop var ankommet, gik forsigtigt op på platformen. Selvom hans øjne igen var erstattede med mørke ar, var det, som om han bemærkede Orions tilstedeværelse, for han smilede ned mod ham. Han trak vejret roligt og begyndte at tale.

”Store beslutninger skal træffes. Det er vigtigt, at vi undersøger vores tanker med omhu og vurderer vores løsninger med det skarpeste blik. De tre skæbners fortællinger, hvis slutning endnu er uvis, er på mange måder flettet sammen. Deres problemers løsninger kan vi altså ikke beskue isolerede, for hvad end de bliver, vil de som altid have en påvirkning på mange andre fortællinger end deres egne. De vil i høj grad have en betydning for jeres fortællinger, og derfor er det netop jer, der må være en del af de løsninger, vi nu må finde.”

Væsnerne kiggede rundt på hinanden med varme blikke og så meget parate ud til at begynde. Men Parshi fortsatte, og Orion fornemmede, at han nok mest af alt fortalte videre for Orions skyld.

”Som altid er det dem, der ved bedst om fortællingen, der må gøre os andre klogere på vigtige pointer derfra. Vi må lytte og spørge, så vi på den bedste måde kan forstå problemets alvor. Hvordan fortællingernes problemer aldrig vil have mulighed for at opstå her på den lysende planet, og hvordan løsningerne herpå ikke vil skabe nye problemer andre steder, må vi overveje og diskutere. Og desuden må vi være yderst opmærksomme på ikke at lade problemerne gøre os snæversynede, når vi skal løse dem. Vi må altså ikke kun vandre på de veje af mulige løsninger, som udspringer fra problemet selv. I stedet må vi tillade os selv at forlade disse begrænsende veje og træde nye stier, hvor vi kan se langt, og hvor udsigten kunne vise sig at være endnu smukkere.

Vi må ikke lade vores løsninger begrænse sig af det, vi ikke tror er muligt, eller det, vi endnu ikke har prøvet at gøre før. Kort sagt må vi forlade den tankegang, der i sin tid fødte problemet, og turde at tænke løsninger på ny for fremtidens bedste. Vi må altså i denne stund diskutere, hvilke indretninger af løsninger, der er de mest gavnlige for os alle og planeten, og dermed beslutte at handle på den bedste.”

Efter Parshis ord begyndte Den Runde Plads at summe med en tænksom diskussion i en søgen på løsninger for alles bedste. Orion sad observerende på sin stol, forundret og imponeret over det samarbejde, der foregik mellem væsnerne og deres forskellige synspunkter.

Et væsen, der var fremmed for Orion, var trådt op på den runde platform. Det havde kulsort hår og en gullig hud. Dets bevægelser var hurtige, og det var umuligt ikke at bemærke, at det strålede med en enorm energi. Det kiggede rundt på de andre væsner med et lys fra de store øjne, der fik Orion til at føle sig ganske oplivet i dets nærvær. Det talte med en lynende hastighed, og Parshi måtte flere gange gøre tegn til, at det burde snakke en anelse langsommere. Her grinede væsnet stort, men Orion kunne se, at det koncentrerede sig for at kontrollere den ihærdige energi, det fortalte med. Væsnet hed Nuki.

”Min fortids planet fungerede kun optimalt ved hjælp af energi. For vi havde indrettet den således, at stort set al aktivitet behøvede energi. Og vi behøvede disse områder af aktivitet for vores overlevelse og udvikling. Engang havde vi levet uden energi, men denne levemåde var langt mere primitiv, og de fleste af os ville finde det umuligt at leve således igen. Derfor betød energien, der sikrede den nye og bedre levevis, alt for os.”

Nuki holdt inde i et splitsekund, før han fortsatte med at fortælle: ”Der var to måder at få energi på. Den ene var som at drikke fra et glas, hvor vandet heri har sin ende. Den anden var som at slukke sin tørst fra et vandfald, der evigt vil rinde. Selvfølgelig var den sidste at foretrække, men alligevel blev den første benyttet i en usundt stor grad.”

”Hvorfor? Det er da tydeligt, at det ingen mening giver at overforbruge fra en begrænset kilde?” spurgte Sahar kritisk.

Nuki sukkede. ”For det første, fordi det var denne metode, man havde kendt længst. Og længe havde et ubarmhjertigt spil om at finde denne begrænsede kilde eksisteret. For dens indhold var umådelig værdifuldt, og de, der fandt den, skulle bade i rigdom. Med rigdom følger magt, og det er derfor ikke svært at regne ud, hvorfor forbruget af energien fra den begrænsede kilde blev ved med at være mulig, selvom det skulle vise sig at være en giftig proces. En proces, der forurenede planeten i en uhyggelig og ubegribelig grad.

Alligevel indså mange problemet i at benytte fra den begrænsede kilde og bruge dens forurenende energi, og der blev udviklet adskillige måder at få og bruge energi på, der var vedvarende og sunde. Dette var umådelig betydningsfuldt. Det stod lysende klart, at det var disse vedvarende måder, der måtte levere fremtidens energi til al aktivitet på planeten. Hvis dette skulle kunne lykkes, måtte de nye måder udvikles yderligere, og de behøvede derfor alles fulde støtte.

Men det skete aldrig. For uforståelig og uforklarlig er handlingen, der udføres af den, som rigdom har gjort blind. De, der først havde deltaget i spillet om den begrænsede kilde, ønskede ikke at opgive alt det, der endnu var at vinde. Men jo mere rigdom de vandt ved at bruge energien fra den begrænsede kilde, jo alvorligere blev konsekvenserne ved at gøre det. De ofrede sig selv, for inderst inde vidste de, at de katastrofale konsekvenser også en dag ville ramme dem. Men endnu værre var, at de også ofrede ethvert andet væsen og hele planeten for deres rigdom.”

Sahar sagde, at hun forstod, og Nuki fortalte videre: ”Uanset om energien var udvundet fra en begrænset eller vedvarende kilde, var der også et enormt problem i den måde, den var fordelt på. Det var slet ikke alle, der havde adgang til energi, og disse væsner var derfor dømt til den forældede, primitive måde at leve på.”

”Hvem gik denne ulige fordeling ud over?” spurgte Raven.

”Planeten var inddelt i mange områder, og der var bestemt nogle, der var langt mere udsatte end andre. Udsatte på alle tænkelige måder. Og uretfærdigt nok var det også væsnerne, der boede i disse udsatte områder, der ikke havde adgang til energi,” svarede Nuki.

Chunlian rømmede sig, før hun også stillede et spørgsmål: ”Du sagde, at stort set al aktivitet på planeten behøvede energi. Men hvis man havde formået at leve uden energien før, kunne man så ikke, for planetens skyld, forsøge at leve således igen, selvom det var primitivt?”

”Hovedsageligt blev energien brugt på 7 områder. Hvor vi boede, hvor vi lærte, hvor vi blev raske, hvor vi skabte føde, hvor vi arbejdede, hvor vi transporterede os, og hvor vi kommunikerede. Før vi opdagede, at vi kunne bruge energi til at forbedre disse områder, havde de stadig eksisteret, men i en langt mere simpel grad. Det var utroligt, hvordan energi kunne forbedre ethvert af disse områder og gøre dem, eksempelvis, endnu mere nyttige eller endnu mere sikre. Så for at besvare dit spørgsmål, så ville det at stoppe energiforbruget sænke planetens væsners trivsel i en så stor grad, at det umuligt kunne være det rette at gøre. Der skulle findes en balance. Uden energien var det som at tage et skridt tilbage i udviklingen. Det var meningen, at vi skulle benytte os af energi. Bare ikke på den måde, vi gjorde."

Der var stille et øjeblik. Orion mente godt at kunne gætte, hvordan Nukis fortælling endte. Og netop som han tænkte dette, fortsatte det energiske væsens ord, og Orion lyttede atter.

"Gule glimt af lyn og torden blev mit sidste syn af planeten. Den endte som en kaotisk flamme, hvor kun den sorte aske bar på mindet om den kamp, det gode tabte. En kamp, hvor fornuften ikke havde noget at sige, men hvor usande ord og grådige hensigter havde domineret. En kamp mod de væsner, der ignorerede og endda handlede imod et sundt forbrug af energi og en retfærdig fordeling af den for alles bedste.

På et tidspunkt havde al kampens mørke energi samlet sig til en kompakt og sitrende masse. Jeg formåede at forlade planeten i tide. I tide, inden den mørke energi spredte sig over hele planeten og udsendte et ildevarslende lys, der fik enhver til at ønske, at de havde handlet fornuftigt længe, længe før. Men i dette øjeblik var det for sent. Den mørke energi splintrede i tusinder af stykker. Elektriske, dødbringende farver malede planeten, og det var snart umuligt at fortælle, hvilke fortrudte handlinger der før havde fundet sted, netop der. Kun jeg kunne bære fortællingen videre."

Og det havde han nu gjort. Da Nuki havde sagt de sidste ord, udstrålede hans ansigt, hvilken nødvendighed der boede i, at de fandt en sund måde at udvinde, bruge og fordele den lysende planets energi på. Han smilede, for han vidste også, at det var muligt. Så fik han øjenkontakt med et væsen, der i det samme rejste sig. Da det gik op på platformen, lagde Orion mærke til dets hænder. De var røde af sår, og flere steder var huden flænset op. Disse hænder var så slidte, at de måtte have været brugt alt, alt for meget og længe, længe efter, at det endnu havde været sundt at bruge dem.

”Mit navn er Matu,” sagde væsnet og kiggede ned på Orion. ”Det problem, min forrige planet blev omsluttet af, ligner på mange måder Nukis. Mange steder kan jeg se min fortid i hans ord. Jeg vil forsøge at beskrive problemets alvorlighed således, at I også kan se, hvorfor det er så vigtigt, at alt ikke ender på samme måde her. Hvorfor vi ikke må træffe de samme beslutninger og handle på den måde, vi gjorde på planeten, hvorpå jeg engang boede.”

Orion fornemmede, at Matu så denne planet for sig i sit indre blik, før han igen talte.

”På planetens centrum stod en mægtig hal. Udefra var den et forvirrende syn; tilbygninger og udvidelser af hallen havde gjort den større, og de forskellige stilarter afslørede, at dette var sket over lange, lange tider. I begyndelsen havde store, grove sten udgjort hallens omkreds. Senere var enorme pæle af træ blevet brugt til at udvide hallen. Uden om disse havde træet fået en ny form med detaljerede figurer, der dekorerede træets overflade. Andre steder så man metal, der formede de enorme facader. Farver og mønstre af alle arter var også en del af hallens spraglede udtryk. Hallen, hvis udstråling af uoverskueligt mange og forskelligartede ting, ikke var til at sammenligne med dens indhold.

For hallens indre var et marked, der rummede alle ting, et væsen skulle bruge i sit liv. Med ting, mener jeg eksempelvis nyttige genstande som varme klæder og møbler, men også føde og vand. I begyndelsen havde markedet været simpelt og dets ting begrænsede. Kun det mest nødvendige for væsnernes overlevelse var at finde. Men hånd i hånd med tiden havde markedet udviklet sig, og dets ting var blevet flere, mere opfindsomme og mere nyttige. Tingene sikrede bedre liv for planetens væsner, og udviklingen af markedet fortsatte. På et tidspunkt var markedets ting blevet så mange, at en del af dem var ubrugelige eller overflødige. Men der blev sjældent eller aldrig sorteret i tingene, og der var stort set ikke nogen regler eller grænser for, hvad markedets ting måtte være. Markedet i hallen blev altså en uoverskuelig verden af ting, nyttige som unyttige, skabt af og til planetens væsner."

Matu sukkede, før han fortsatte: "Jeg vil gå direkte til problemerne, som markedet bragte med sig: For det første: Overforbrug. Markedets ting var skabt af planetens ressourcer. Og ønsket om flere ting på markedet forårsagede et større behov for ressourcerne på planeten. Til sidst et så stort behov, at det blev usundt. Hvis væsnerne skulle fortsætte samme levevis, var snart ressourcer fra mindst tre planeter nødvendige.

Det andet problem var spildet af ting. Hvis et væsen eksempelvis fandt en ting uønsket, eller hvis den var blevet slidt og ikke længere fungerede optimalt, blev den smidt væk. Der var intet system, som sikrede, at den ville blive brugt igen, givet videre til nogle andre eller lavet om til noget nyt. Så et enormt bjerg uden for hallen voksede sig større, et bjerg af udsmidte ting. Spildte ting.

Det tredje problem var dette: Urimelig fordeling af tingene. Hver nat blev markedet fyldt op med de ting, der netop var blevet skabt, og der *var* nok, til at alle væsner kunne få, hvad de behøvede. Om morgenen skulle fordelingen af tingene begynde. Fordelingen, der burde og sagtens kunne have været fredelig og retfærdig.

Men hver morgen, når planetens væsner stod parate udenfor, var stemningen blandt dem altid urolig. Negative ord og grådige lyde blev ytret, og flere skubbede til dem omkring sig. Nogle var voldelige og kæmpede sig tættere på hallens indgang med desperate udtryk i øjnene. Andre behøvede ikke at skubbe eller være bekymrede, for de var sikrede en evig plads først i køen til markedets ting. Nogle brugte løgne og snedighed til at snyde sig længere frem. Andre gav op, og få håbede på det bedste.

Og da markedets døre gik op, forvandlede den urolige stemning sig til et barbarisk kaos af egoistiske væsner, der frygtede ikke at få nok eller ønskede at have mere. Det var en kamp om markedets ting, hvor alle tog, hvad de kunne rage til sig. Hver morgen bar på muligheden for en retfærdig fordeling i sine hænder. Men igen og igen valgte væsnerne at fortsætte fortællingen om, at nogle fik alt, alt for meget, og andre fik alt, alt for lidt."

Matu så ud på væsnerne omkring sig. Hans blik rettede sig mod Tahi, der spurgte: "Hvad skete der med de væsner, der aldrig fik den behøvede mængde af ting?"

"De levede en skæbne i evig mangel. De sultede og tørstede, de var fattige og blev desperate eller modløse. Og endnu værre var, at der kun blev flere af dem. Antallet af dem, der boede på min forrige planet, var altid stigende. Hver dag ankom 12 nye beboere til planeten. Dette gjorde kun den allerede urimelige fordeling endnu værre. Der blev flere og flere om at dele markedets ting, men den retfærdige balance i, at alle får, hvad de behøver, blev aldrig opnået," svarede Matu med en stille stemme.

Parshi nikkede forstående. Dernæst sagde han: "Javel. Tak Matu. Lad os nu lytte til den sidste af jer tre, hvis ord er søstre og brødre."

Matu smilede og trådte ned fra platformen. I et kort øjeblik stod den tom. Orion kiggede rundt på væsnerne omkring sig og opdagede, at de alle havde rettet blikket den samme vej. Og så fik Orion også øje på hende. Først så han hendes røde hår, der som mægtige flammer dansede ned langs hendes fine ansigt. Endda på lang afstand mærkede han hendes grønne øjnes lys. De udstrålede, at de så verden gennem et håb, og Orion følte sig med det samme lettere. Hun var klædt i en skinnende grøn kjole, der flagrede om hendes lyse ben, da hun gik op mod platformen. Orion blev overvældet af hendes udtryk, der syntes så viljestærkt, så sikkert. Som om intet i verden kunne bekæmpe håbets handling, som hun malede sin skæbne med. Orion ville næsten mene, at hun stod som en stærk stamme med en krone i blomst. Og så talte hun.

"Lad disse ord blive de sidste til at belyse giftige konsekvenser af egoistiske og ignorante handlinger. Lad dem blive slutningen på vores fortalte erindringer om planeter, der reagerer på deres væsners ubetænksomme behandling af dem. Lad dem blive det endelige billede i vore sind om brændende skove, forgiftet drikkevand, døende have, forurenede byer, foruroligende temperaturændringer som følge af usundt brug af energi og overforbrug af begrænsede ressourcer.

Disse ord skal blive de sidste om katastroferne, som væsner satte i gang, måske i troen på, at alvorlige konsekvenser aldrig ville vise sig for dem. Konsekvenser, som de på ingen måde kunne redde, da det først var for sent. Og det blev for sent. Deres planeter måtte i sidste ende vise dem, at deres evige formåen i at se bort fra katastrofen måtte ramme dem på et tidspunkt. For når alt kommer til alt, er væsner ikke nær så store, som deres lukkede øjne får dem til at tro. Så snart de åbner dem og ser klart, opdager de, at der er en hel verden omkring dem, en planet, større og ældre end dem selv. De opdager, at det ingen mening giver at behandle denne planet som et isoleret væsen, hvis bortgang ingen betydning har. Hvis skæbne ikke er en del af deres egen. For med åbnede øjne ser de, at de er en del af dette planetariske væsen. Dette må vi indse, hvis vi vil indrette den lysende planet således, at naturkriser aldrig skal blive sået, gro og sprede sig her."

Hun kiggede rundt på dem omkring hende, der lyttede opmærksomt til hvert et ord. Over dem bevægede skyerne sig tættere sammen, som om de skabte et lille rum, hvor ord om hendes fortid snart ville finde sted.

"Lima, hvad skete på din forrige planet?" spurgte Parshi.

"Lima," gentog Orion i sit indre. Hendes navn mindede ham om et ord, men han kunne ikke genkalde hvilket. Han kiggede igen ind i Limas grønne øjne, og hun begyndte sin fortælling.

"Min fortids planet var et levende væsen, sårbar og stærk, som vi andre. Hendes skønhed var ubeskrivelig og hendes stemme uvurderlig. Vi, der boede hos hende, havde mange grunde til at være taknemmelige. Hendes skove holdt os i live og gav os ly og varme. Hendes rislende vandløb slukkede gavmildt vores tørst. Hendes hav var en kiste af magi, og når vi spejlede os i det, så vi for en kort stund den samme magi i os selv. Vores byer vandrede over hendes høje bjerge og trygge dale, gav os plads til at være til. Hendes dyrebare energi kunne vi bruge til vores egen fordel, og hun skabte ubetinget mere. Sin jord lod hun blomstre, sine planter lod hun gro, og hun gav os lov til at mætte os med dem. Hun holdt os i live, selvom vi gjorde mange ting, der var svære at tilgive." Lima holdt inde for en stund, før hun atter talte til de lyttende væsner.

"Når jeg kender jeres fortællinger, kan jeg se, at mange af de ord, som jeres fortid er beskrevet med, også gør sig gældende i min histories lyd. Ligesom jer er jeg også den eneste, der formåede at overleve og bringe fortællingen videre hertil. Min forrige planet blev på mange måder udsat for de samme svagheder, som jeres planeter gjorde. Derfor tror jeg heller ikke, at det vil overraske jer, når jeg fortæller, hvordan det hele sluttede efter 13 nætter i et ubarmhjertigt kaos. Hvordan det magiske væsen, som min planet var, endte med at dø. Og hvordan alle de små væsner, der boede derpå, forsvandt med i faldet, til trods for at de havde kæmpet. For det havde mange, mange af dem gjort. I lange tider havde disse mange væsner indset konsekvenserne af få væsners egoisme, og længe havde de kæmpet af hele deres hjerte for at løse krisen i tide.

Mens den stigende varme omkring dem forårsagede dødbringende katastrofer i form af ild, jord, vand og luft, samledes de om at bekæmpe katastrofen i tide. Mens utallige af dem var tvunget til at flygte mod mere sikre steder, mens dødeligheden blandt dem fortsat steg, kæmpede de, der stadig kunne kæmpe. Mens endnu tvetydige og halvhjertede beslutninger om forbedring blev truffet, blev der forsat ytret stærke argumenter og holdt overbevisende taler om, hvorfor de helhjertede beslutninger måtte træffes. Mens det blev sværere at overleve, og tørst og sult blev ved med at sprede sig, var der endnu hjælp at finde hos de mange, der delte, hvad de havde. Mens væsner, der aldrig anerkendte krisens alvor fortsatte med at forstærke den, lyste inspirerende handlinger atter op. Mens der skabtes flere og flere grunde til at give op og miste modet, blev der endnu kigget hinanden i øjnene og udvekslet håb.

Og da planetens væsen sang sin sidste sang, og dens natur åndede ud, og de havde tabt, vidste de alligevel inderst inde, at det havde været kampen værd. At hun havde været værd at kæmpe for."

Orion lod tåren trille ned ad sin kind, mens han endnu kiggede op på Lima. Hun tog en dyb indånding og vendte ned fra platformen, hvorpå så mange historier var blevet delt. Her på Den Runde Plads var beslutninger om den lysende planets indretning blevet truffet på baggrund af netop disse fortællinger, som væsnerne hver især havde bragt videre. Væsnerne var blevet givet muligheden for at genskabe den balance, der før var blevet ødelagt. Men, tænkte Orion, dog kun *muligheden*. De var ikke blevet sikret nogen balance. Dette var op til dem selv at gøre, og vidunderligt nok havde de benyttet deres mulighed og kæmpet for den lysende planets balance. Den mægtige energi, der udsprang fra dette umådeligt betydningsfulde valg om at handle på muligheden for forbedring, var tydelig at mærke her på Den Runde Plads, mente Orion.

I det samme smilede en stråle fra himmelen til dem hver især, og solen viste sit ansigt for dem. Stemningen mellem dem var ikke svær at tyde. De var parate til at begynde.

26

”Fælles for jeres tre fortællinger, Nuki, Matu og Lima, er, at de alle omhandler væsners uhensigtsmæssige brug af deres planet. Det samme kan siges om jer andres fortællinger, dog med dig som undtagelse, Chunlian. Din fortælling er en anden, men er alligevel forbundet med de diskuterede fortællingers løsning.” Parshi smilede til Chunlian, som han sagde disse ord, og hun nikkede. Dernæst fortsatte han: ”Lad os se nærmere på problemerne. Som jeg ser det, er der tre hovedsagelige problemer, der ramte alle jeres tres forrige planeter. Den første er overforbrug. Den anden er ulige fordeling. Og den tredje kan vi kalde ’ikke-optimalt brug’. Desuden hænger disse tre på mange måder sammen. Er I enige?”

De ni deltagende væsner tænkte sig om, svarede ja og lyttede videre til Parshis ord. Han nikkede mod Matu, Nuki og Lima, der sad rundt om det samme bord, og sagde: ”I tre har alle gennemtænkt mulige løsninger på disse tre problemer. Lad os nu gennemgå og diskutere dem og forhåbentligt finde frem til den bedste.”

”Overforbrug,” begyndte Matu, ”lyder simpelt at undgå. Men det kræver en indstilling hos os alle, der kan være vanskelig at indtage. En indstilling, der værdsætter balancen af at have netop det, vi behøver. En indstilling, der ikke hungrer efter at eje meget mere end nødvendigt og ikke lader sig drage af grådighedens mange fristelser. En indstilling, der også gør os i stand til at vurdere, hvad vi behøver, og tage netop dét med glæde. For uden denne indstilling om taknemmeligheden for og accepten af balance, vil overforbruget for nogle og dermed sulten for andre indtræde."

Terra nikkede. "Denne indstilling vil nok også bidrage til, at vi forstår, at den lysende planet, ligesom os, må være i balance. Som vi bruger af dens ressourcer for at opfylde vores behov, må vi også give den, hvad den behøver for at opfylde sine behov. Som vi benytter dens jord, må vi også pleje den, så den forbliver lige så værdifuld, som den var, før vi rørte den."

"Jeg er enig," sagde Raven med sin bestemte stemme, "men hvordan sørger man for, at *alle* indtager denne indstilling, hvis ikke den falder alle naturligt? Uden taknemmeligheden for balance og erkendelsen af nødvendigheden af den vil uligheden opstå. Overforbruget leder altså til fortællingernes næste problem; ulige fordeling. For hvis blot ét væsen, der ikke værdsætter det bæredygtige forbrug, får lov til at dominere, er ulighedens frø sået. Og siden en indstilling ikke kan tvinges ind i et væsens hjerte, er det ikke urealistisk, at denne ulighed vil opstå her. Jeg har svært ved at se, hvordan man sikrer, at det er indstillingen, der ikke medfører overforbrug, der kommer til at dominere." Ravens blik var skarpt, mens væsnerne omkring hende overvejede hendes pointe. Det var Lima, der brød tænksomhedens tavshed.

"Du har ret. Man kan ikke tvinge et væsen til at erkende det gode. Det gode, som jeg ser det, er det, der gavner flest væsner ved at bringe mest balance og glæde ind i deres liv. Det gode er det, der tilfredsstiller helhedens behov fremfor et enkelt. Derfor vil en egoistisk handling, der skader eller mindsker værdien af andres liv, aldrig være det gode. Det vil være det negative, om man vil. Hvad synes du må dominere på vores planet – det gode eller det negative?"

"Det gode, selvfølgelig," svarede Raven kort.

Lima fortsatte: "Men tænk, hvis nogle væsner har en indstilling med negative værdier. Grådighed, eksempelvis. Hvis vi ønsker at opfylde alles behov, burde vi så ikke også opfylde dennes, der dog er større end de andres?"

Raven overvejede pointen, der nu syntes indlysende. "Det er klart, at man ikke kan lade dette behov, der er grådigt, dominere over de andres. Man må indrette planeten således, at alles behov for balance er tilfredsstillede. Hvornår og hvordan balancen fuldstændig opnås, kan selvfølgelig variere for ethvert væsen, men meget er grundlæggende for alle. Ja, det må være denne grundlæggende balance, der tilfredsstiller flest væsner og samtidig sikrer planetens balance, man må skabe indretningen efter. Ikke det negative behov, hvis opfyldelse fører ubalance med sig."

"Præcis," svarede Lima. "Så selvom nogle væsner besidder eksempelvis et grådigt behov, kan vi ikke lade dem opfylde dette, for det vil, i eksemplet her, medføre overforbrug og dermed mindske helhedens velfærd. På den måde må man, selvom ikke alle har indtaget den indstilling, der ønsker at bringe flest væsner mest godt, indrette planeten efter den. Det gode må dominere for alles bedste. For," sagde Lima med sin beslutsomme stemme, "helhedens velfærd må da være det, vi stræber efter."

Sahar tænkte sig om, før hun spurgte: "Og roden til det tredje problem: Ikke-optimalt brug af planeten. Hvordan undgår vi dette?" Hun kiggede på de tre væsner, hvis historier var i live i dette øjeblik. Nutiden skabte en farverig sti foran dem, hele tiden nærmende den endelige destination, der strålede med spænding i horisonten.

Lima svarede: "Uden bevidste og helhedsorienterede beslutninger om, hvordan vi skal benytte planetens ressourcer, vil det meget muligt ende i et ikke-optimalt brug. Vi vil ende med at bruge for mange af planetens ressourcer, spilde dens ressourcer eller skade dens ressourcer. Uden beslutninger set i helhedens lys, vil vi altså komme til at misbruge dens ressourcer på den ene eller anden måde."

"Ja, men det kræver vel mere end den rette indstilling for at undgå dette. Hvad konkret må vi gøre for at sikre det optimale brug?" spurgte Raven.

"Der er meget, vi konkret må gøre," begyndte Matu. "Jeg vil starte med at foreslå dette: For at sikre et forsvarligt forbrug af planetens ressourcer må vores forbrug bevæge sig i form af en cirkel; vi må tage fra planeten, bruge, genbruge, give tilbage til planeten, pleje og tage igen. Således må det fortsætte, for uden dette cirkulære forbrug vil ubalancen opstå. Så helt konkret må vi altså sikre, at det, vi tager fra planeten, ikke skader planetens balance. Derefter må vi passe på det, vi bruger, og genbruge det, så længe som det er muligt. Og når det ikke kan bruges længere, må vi ikke acceptere, at det bliver til skrald, der hobes op i en ubrugelig bunke. Nej, vi må være dygtige til at give det, vi har brugt, tilbage til planeten i en form, der ikke skader den, og som den kan bruge igen.”

”Et bæredygtigt forbrugsmønster,” nikkede Sahar.

”Det lyder fornuftigt,” tilføjede Raven og rettede så blikket mod Nuki, der i det samme talte.

”Det cirkulære brug må også gælde for et sundt forbrug af energi. Som jeg ser det, må vi udelukkende benytte os af de energikilder, der er vedvarende. Energien fra solen, vinden og vandet, eksempelvis. Den mest optimale og tilfredsstillende måde, hvorpå energien skal tages fra disse, kender jeg ikke endnu. Så vi må arbejde ihærdigt for at finde de bedste metoder. Mange undersøgelser ligger foran os, men de er med sikkerhed indsatsen værd. Jeg kan ikke se nogen anden fremtid, end at det må være de vedvarende energikilder, der skal levere vores energi her på den lysende planet.”

Væsnerne nikkede. Også Agua, der havde været stille længe. Hendes sind føltes som en vild strøm af vand, der bevægede sig i utallige retninger. Hun længtes efter et overblik over de mange pointer og koncentrerede sig om at se det i de uoverskuelige bølger. Hun lukkede øjnene og forsøgte at mærke den klarhed, som hun vidste, at hun var i stand til at skabe. Strømmen faldt langsomt til ro. Så sagde hun:

"Den lysende planets fremtid afhænger af os. Dens skove, marker, floder og have skal trives, og vi må tage ansvar for at sikre dette. For vi må ikke ignorere, at vi spiller en betydelig rolle på denne planet, og hvad vi vælger at gøre, vil have en enorm påvirkning på den. Til og med har vi lært, at det for alles bedste kun må være en positiv påvirkning.

Som jeg ser det, er vi kommet frem til dette: Vi må lave en indretning efter den lov, der skaber og vedligeholder en balance for planeten og alle væsner på den, og lade det være denne lov, der gælder over alt andet. Skulle vi finde os selv i modstrid med den, må vi øve os på at forstå og acceptere, at vores behov og meninger, der ikke tilgodeser helhedens bedste, ikke kan få lov til at dominere. Vi må altså øve os på at indtage indstillingen, der ønsker det bedste, ikke kun for os selv, men for alt og alle. Det er svært, så det er meget vigtigt, at forståelsen for denne indre kamp også respekteres og ikke bliver tænkt dårligt om. – Vi er alle på vej, og vi må hjælpe hinanden fremad.

Dernæst må vi lade det være det cirkulære forbrug af planetens ressourcer, der skal gælde. For planetens væsen skal trives ligesom vi, så det sunde forbrug er af enorm betydning. Til sidst vil jeg tilføje, at en forståelse for naturen er altafgørende, hvis vi bedst muligt skal opnå det førnævnte."

Nu rejste Chunlian sig op i spænding og sagde med et stort smil: "Netop! Jeg vil mene, at en af de vigtigste løsninger på de tre problemer er at *kende* planeten. Så snart man kender og forstår den, vil man helt naturligt værdsætte og respektere den og dermed bidrage til de løsninger, vi er kommet frem til, og som du nævnte, Agua."

"Men det kommer da til at tage lang, lang tid at opnå løsningerne på denne måde, når der forud for at *kende* naturen først ligger en lang periode af viden, der skal forstås, oplevelser, der skal erfares, og erkendelser, der skal indses. Er det ikke langt nemmere blot at få det, andre ved om naturen, fortalt og så handle på de ovenstående løsninger?" foreslog Tahi.

Chunlian var ivrig efter at svare og overbevise Tahi om, at han med denne pointe tog fejl, men noget i hende besluttede alligevel at gøre noget andet. Hun trak vejret og forsøgte nu at se, hvad Tahi mente fra hans perspektiv, og forstå ordene fra hans vinkel; jo, at få den eksisterende viden fortalt og dermed handle på løsningerne ville godt nok være hurtigere end at først skulle lære naturen at kende selv. Det havde Tahi ret i. Men, tænkte Chunlian, før hun svarede:

”At handle optimalt for en løsning baseret på andres erkendelser er bare næsten umuligt.”

Der var stille i et kort øjeblik, før Chunlian fortsatte: ”Vi kan få fortalt, hvad vi skal gøre for at skabe balance på planeten, og vi kan få at vide, hvorfor vi skal gøre det. Men hvis vi ikke oplever det som en sandhed selv, vil handlingen aldrig blive optimal, for den vil ikke være helhjertet. – Hvis vi overhovedet vælger at handle, hvilket også er meget muligt, at vi ikke gør. Vi har det med kun at handle på det, vi ser mening i selv, og ikke på det, andre fortæller os giver mening.

Så jeg giver dig ret i, Tahi, at det ville være langt hurtigere at fortælle dem, der ikke kender naturen, om den, og dernæst fortælle dem, hvad de skal mene om og gøre med den. Den handling, vi ønsker at se dem udføre, vil bare aldrig blive opnået.

Nej, jeg tror, at opnåelsen af de gode handlinger for naturen er at lade os selv indse, hvorfor de er nødvendige. Og det kan vi kun gøre ved at lære naturen at kende med vores egne øjne og vores egen krop. Selvfølgelig i fællesskab med andre og med hjælp fra dem, der kender den. Men vigtigst af alt med os selv. Dette er den langvarige løsning, den vedvarende og den, der er bæredygtig.”

Væsnerne omkring Chunlian nikkede, men hendes blik hvilede afventende på Tahi, der tænkte sig om. Han var stærk og vis nok til ikke at beskue sine meninger som *værende* ham. Han så dem som nogle, der tog bo hos ham, men isolerede fra den, han virkelig var. Derfor var der ingen skam i at ændre dem, når han mødte andre, der syntes mere sande.

"Jeg skifter mening," sagde han. "I vores læringssted må vi lære naturen at kende for forhåbentligt at opnå en forståelse for og værdsættelse af den. Dette kendskab, ser jeg nu, må opstå indefra. At det bliver påduttet os udefra, vil ikke gavne nogen eller noget i sidste ende." Han smilede og sagde "Ja, vi er vist enige."

"Javel," begyndte Parshi. "Hvis vi alle ser disse nævnte løsninger som de bedste," han kiggede rundt på væsnerne, der alle udstrålede et ja, "lad dem så gælde."

Parshi udfoldede et stort papir i en gylden nuance på et af de runde borde, og de ni væsner samlede sig om det. Orion observerede det hele med et imponeret lys i øjnene. Han så dem nedskrive alt det, de var blevet enige om. Han hørte dem også diskutere og derefter skrive en fuldstændig detaljeret plan for, hvordan de skulle begynde med at opnå denne balance for planeten og væsnerne på den. Til sidst skrev de en for en et ord nederst på papiret med en pen, hvis bogstaver lyste i solen. Hvis man kiggede godt efter, kunne man afsløre meningen og historien, der boede i ethvert af deres navne.

Men at kigge godt efter for at afsløre stemningen på Den Runde Plads behøvede ingen i dette øjeblik. For lige så smukt, som solen skinnede ned på væsnerne, lige så stort smilede de til hinanden, lige så rigtige føltes deres løsninger. Løsningerne, der hermed blev

Nuki, Matu og Limas slutning på fortællingerne om deres fortids planeter. Løsningerne, som skulle blive deres sande begyndelse her på den lysende planet.

27

"Forestil dig universets mørke samlet i et kompakt rum. På væggene svæver stjerner som åbninger af lys i den sorte masse. Tomheden udgør rummets fylde, ud over et enkelt punkt, der fylder rummet med en fasthed. Dig."

Orion kiggede væsnet Bhoukh i øjnene og følte sig suget ind i hans syn: Orion så en firkantet kasse for sig, der svævede i det uendelige univers. Uforklarligt hang kassen i luften, som om den var fastbundet noget med en usynlig snor. Omkring kassen var der kun tomhed, og så Orion, der var beskueren af dette syn. Svævende nærmede han sig kassen, der blev større og større. Han opdagede, at der var 2 huller i siderne på den. Forsigtigt kiggede han igennem et af hullerne og så, at kassens indre, ligesom det, der omkransede den, var et tomt rum. Et rum i rummet. Pludselig fik han øje på et lille væsen, der stod i det ene hjørne af rummet.

Det havde store øjne fyldt med en længsel, men det var ikke det mest bemærkelsesværdige. Dets krop var på en ubehagelig måde misformet. Hovedet var unaturlig stort i forhold til den meget lille og smalle krop. Armene og benene var lange og tynde og så ud til at være så svage, at de kunne risikere at knække. Maven var rund, men ribbenene var på samme tid utrolig tydelige. Det havde intet hår, men kun en bar og lidt rynket hud. Det udstrålede et ord, hvis sandhed gav beskueren lyst til at lukke øjnene fra det uhyggelige syn for altid: Sult.

Orion opdagede, at væsnet stak sin ene hånd ud ad et af hullerne i rummets væg. Noget blev givet til det, men Orion kunne ikke se hvad. Det måtte være føde af en art, for væsnet spiste det med svage, langsomme bevægelser. Derefter satte det sig ned på rummets gulv. En unik stilhed herskede, indtil væsnet åbnede munden og med den fineste stemme sang:

Sult kan synges i søvn
Dog vil evig fred ikke opstå
En barsk sandhed venter
For en sovende altid vågne må
Sult kan slukkes med glæde,
Anerkendelse, lykke eller føde
Men hvis den aldrig udslettes helt
Er den ramte efterladt til de døde
Den sultende søger en mæthed
Som i alle væsner må kendes
Men hvis fordeling er uønsket
Vil målet aldrig fuldendes

Da forstod Orion, at væsnet i det svævende rum var indespærret. Det var fanget i intetheden uden udgange. Inde i rummet levede det med en evig sult og overlevede kun, fordi noget i universet en gang imellem fodrede det med en lille del af sin egen mæthed. Gennem rummets runde huller blev væsnets sult altid slukket, men kun for en kort stund. Det, der holdt væsnet i live, gjorde absolut ikke noget for at tilføje væsnets liv værdi. For at redde det eller befri det fra dets ulykke. Mætheden kom kun flyvende i korte perioder og kom aldrig for at blive. Tydeligvis var fordeling uønsket. Tomt og fuldt var fordelt som en katastrofe. Ubalancen mellem sult og mæthed gjorde den ideelle fordeling umulig.

Det krævede en enorm forandring, hvis en positiv mæthed skulle fylde tomheden op – og bestå.

Orion, der nu havde taget en del afstand til det svævende rum, kunne ikke længere se væsnet gennem hullerne, men kun rummet udefra. Pludselig nærmede en lys skygge sig rummet. Orion så det sultne væsens tynde arm stikke ud gennem et af hullerne, og skyggen svævede omkring hånden. Orion gættede på, at skyggen ville fodre væsnets sultne hånd. Men han tog fejl. I stedet omsluttede skyggen hele den svævende kasse og fik på magisk vis rummets to huller til at vokse. Til sidst var rummets seks firkantede flader fyldt med to så store huller, at det umuligt kunne holde noget indespærret. Væsnet svævede ud af rummet, og et mægtigt lys voksede omkring dets lille krop. Da væsnet var frit og strålede af lys, kunne Orion nu genkende det: Det var Bhoukh. Uden at kigge tilbage mod det nu svindende rum, svævede Bhoukh mod noget, der glimtede langt væk i universet. Orion smilede, for han kunne godt gætte, hvilket rum der nu var Bhoukhs mål.

28

Orion smilede til sit spejlbillede i den blanke sø. Han havde fulgt den hvide sti, som ikke længere var fremmed for ham, og var endt ved planetens lysende centrum. Orion tænkte på, hvad der mon gemte sig i søens dyb. Selvom vandet var klart som luft og rent som sne, syntes det umuligt at få øje på bunden. Måske var søen uendelig dyb.

Orion huskede pludselig, at Terra havde fundet det, han søgte, i netop denne sø. Terra havde længtes efter nøglen til frøenes skrin, og stien, som han fortroligt havde fulgt, havde ledt ham hertil. Dengang havde søen ikke været større, end at Terra kunne nå bunden med sin ene arm. Måske havde den til at starte med blot været en dråbe. Utallige drømme var blevet forvandlet til dråber siden da! Alligevel var det svært at forestille sig, at noget kunne udvikle sig fra at være så simpelt og småt til at blive så utrolig kompliceret og stort. Orion var sikker på, at de fleste, som så en dråbe, ville tvivle på, at den nogensinde ville udvikle sig til en sø. Men også at de fleste ville tro på, at det kunne lade sig gøre, når de først havde set søen. Om personen ville tro på udviklingen eller ej, afhang altså af, hvornår i processen den blev spurgt. Pludselig stod det klart for Orion, hvor farligt det var at give op i begyndelsen af en proces, hvor udvikling kunne blive mulig. Hvor mange tabte glæder, opgivelse førte med sig. Orion tænkte, at ethvert sted ville blive forbedret, hvis blot dets beboere ikke opgav de mål, der blev til for det fælles bedste. Spejlbilledet i søen smilede tilbage.

Pludselig dukkede et fremmed ansigt op bag Orion. Han vendte sig om og mødte et ukendt væsens blik. Det havde venlige, blå øjne, som udstrålede en form for erfaring. Orion fornemmede, at dette væsen i sit liv havde oplevet svære ting. Hårde perioder, der havde sat dybe ar på væsnets sjæl. Samtidig havde øjnene også noget tilgivende over sig. En mildhed, der fik Orion til at føle sig tilpas. Væsnet havde langt, lyst hår, der i den stille vind blæste ind foran dets ansigt. Væsnet fjernede håret fra ansigtet, og Orion så, at hænderne var fulde af store, grimme ar. Væsnet stillede sig ved siden af Orion og skuede ud over søen.

"Ser du visdom i søen?" spurgte væsnets lyse og blide stemme.

Orion kunne ikke fjerne blikket fra de sårede hænder.

"Eller ser du visdom i mine hænder?"

Han kiggede på væsnet, der smilede skævt til ham. Hun grinede.

"Mit navn er Wirtsch. Jeg ved godt, hvem du er. Du er den rejsende. Den udforskende og mystiske. Den nysgerrige og lyttende. Du er Orion."

Hendes lyseblå øjne strålede af intensitet, før de kneb sig sammen og kiggede mistænksomt på ham.

"Men fortæl mig, Orion, hvem du *virkelig* er. Dette er blot de andres beskrivelser af dig, men disse ord, kunne lige så vel beskrive mig. Det er sjovt med ord, hvordan de er så beskrivende, men på samme tid aldrig rammer sandheden helt. Kan du beskrive en følelse, som den er? Forklare en tanke, som du havde tænkt den? Fortælle om dig selv med ord, der beskriver dig nøjagtigt? Det tror jeg ikke. Med ord kan du kun nærme dig sandheden. Det samme ord kan beskrive to fuldstændig forskellige ting lige godt. Så bor der da noget intetsigende i ordet!

Skiller man dem ad, så de står alene, vil man opdage, hvor svage de er. Tænk bare på ordet *jeg*. Hvad fortæller det os, når det står alene? Sammensat med andre ord kan det få en stor betydning, men ordet i sig selv fører os ingen vegne. *Jeg skal. Jeg kan. Jeg vil. Jeg?* Ord er svage. Lad os derfor ikke give dem for meget magt. Selvfølgelig er ord nødvendige. For hvor havde vi været uden ord? De giver mening at have, det gør de, men jeg mener bare, at de ikke er mere end ord. Man kan vel sige, at dette, jeg siger med ord, ikke er min sandhed. Men min tanke og følelse bag ordene er. Ord er ord. Ord er ikke sandhed."

Der blev stille, og Orion forsøgte at forstå, hvad Wirtsch havde sagt. *Ord er ikke sandhed.*

"Måske er ord en del af sandheden," sagde Orion.

Wirtsch kiggede overrasket på ham. Orion fortsatte. "Forventer du, at ordene skal *blive* til det, de beskriver, for at være sande? At ord forsøger at beskrive sandheden, siger en hel del. Måske rammer de ikke sandheden nøjagtigt, hvis det er en følelse, tanke eller stemning, som de forsøger at beskrive. Det er umuligt, at de kan beskrive, for eksempel, følelsen nøjagtigt, for de *er* jo ikke følelsen. Bare fordi ord ikke kan andet end blot at beskrive følelsen, gør det dem vel ikke usande. Det gør dem bare heller ikke fuldendte. Men er der overhovedet noget, som er det?

Du spurgte, hvem jeg virkelig er. Og jeg er i hvert fald heller ikke fuldendt. Men jeg er altid på vej. Jeg søger sandhed, fordi jeg søger forståelse. Jeg søger forståelse, fordi jeg søger udvikling. Og jeg søger udvikling, fordi jeg søger et endeligt mål. Med ord skriver jeg tekster om min undren, mine erfaringer og forståelser. For at nå mit mål kunne jeg ikke være ordene foruden.

Jeg rejste til jeres lysende planet for at nå mit inderste mål. Jeg ved endnu ikke, hvad det er, men jeg er sikker på, at opnåelsen af målet, som jeg søger, eksisterer et sted i fremtiden. Hvert skridt bringer mig på vej. Måske bor målet langt borte, måske tæt på. Måske ved jeg først, hvad det er, i det sekund jeg opnår det."

Orion smilede, og der blev igen stille for en stund. De havde sat sig ned på den hvide sti og beundrede nu begge den smukke og rolige sø. Orion tænkte igen på søens udvikling og forvandling fra at være én dråbe til så uendelig mange. Wirtsch afbrød hans tanker og sagde: "Jeg har ikke altid boet på denne vidunderlige planet." Hun tav uden at fjerne blikket fra søens skønhed.

Orion kiggede forsigtigt på hende og lagde mærke til, at hun bevægede sine hænder uroligt. Arrene dansede. Wirtsch fortsatte med en alvorlig stemme: "Jeg levede på en planet meget langt fra denne. Men der skete en masse, som gjorde, at jeg... at jeg måtte forlade den. Ser du, Orion, på min tidligere planet levede jeg et liv, der næsten ikke er værd at tale om. Jeg ejede intet og blev derfor stemplet som ingen. Jeg levede et usselt liv uden indhold.

For at overleve var det nødvendigt for planetens beboere at være beskæftigede. For først da ville man blive belønnet med billetterne, der gav adgang til alt det, der behøves for at overleve. Jeg havde aldrig haft muligheden for at indtræde denne beskæftigelse og var derfor overladt til intethedens barske rum.

Hver eneste dag diskuterede jeg med mig selv, om jeg skulle fortsætte mit liv eller give mig selv den glæde at afslutte det. Jeg ønskede det sidste, men noget i mig nægtede det, og jeg fortsatte min ligegyldige kamp af et liv."

"Hvorfor skulle man være beskæftiget for at modtage disse billetter?" spurgte Orion.

Wirtsch slog ud med armene og svarede: "Retfærdighed, min ven. Og det giver i princippet også god mening. Man må kæmpe for sin lykke. Den flyver ikke bare ind over hovedet og lander på en af sig selv. Man må altså arbejde for det. Problemet var bare, at ikke alle er ens. Ikke alle besidder de samme muligheder og styrker. Og jeg havde ikke mulighed for at arbejde for denne lykke. Der var intet sted, der havde brug for mig. Jeg var efterladt til min egen ulykke. Jeg modtog ingen billetter og havde snart opgivet håbet om, at jeg nogensinde ville gøre det.

Men en dag åbnede en dør sig for mig. En dør af muligheder og lykke. Der var et sted, der behøvede min arbejdskraft. Det uddelte godt nok ikke mere end 8 billetter om dagen, men for mig var det bedre end ingenting.”

Orion afbrød hende igen: ”Hvad skulle du lave på dette sted?”

Wirtsch knugede sine hænder og lukkede øjnene hårdt i, som om hun forsøgte at fortrænge noget. Hun kiggede hurtigt på Orion, før hun svarede. ”Jeg gravede huller.”

”Gravede huller?” spurgte Orion. Han kunne se, at Wirtsch skammede sig.

”Ja. Et stykke under planetens overflade eksisterede et lag af farvede kugler, der var meget værdifulde. Jo flere kugler, jo flere billetter. Og jo dybere man gravede i jorden, jo mørkere blev kuglernes farve. Jo flere billetter var de værd. Den mørkeste var en dyb mørkerød, den mest værdifulde af alle. Jeg arbejdede hver dag for at grave huller, så andre arbejdere derefter kunne indsamle dem fra jorden.

Jeg begyndte at modtage flere og flere billetter, fordi hullerne, jeg gravede, gemte på kugler med værdifulde farver. Jeg begyndte også at arbejde længere tid, fordi jeg fandt det nødvendigt konstant at modtage flere billetter. Jeg fik det bedre, for nu, hvor jeg besad flere billetter, havde jeg adgang til flere ressourcer. Jeg fik både adgang til flere ting og til et sted at bo. Jeg arbejdede hårdt, og ..." Wirtsch holdt inde. Hun kiggede på sine slidte hænder og sukkede.

"Jeg fik vel mere ydre rigdom. Men i mit indre var jeg nøjagtig lige så ulykkelig som før. For jeg opdagede, hvor vigtige kuglerne var. Ikke for mig og min arbejdsplads, men for planeten. Disse kugler skabte en balance i planetens system, så når vi hver dag fjernede dem fra jorden, bidrog vi til en enorm ubalance. Jeg var med til at destruere min egen planet. Skyldfølelse voksede i takt med et pres, der fastholdt mig i at fortsætte arbejdet.

"Hvilket pres?" spurgte Orion bebrejdende. Hvorfor ville man fortsætte med noget, man vidste var forkert?

"Et pres fra alle omkring mig. De farvede kuglers værdi gjorde folk egoistiske. Alle ønskede at få fat på kuglerne, og de afhang af mig. Derfor pressede de mig til at arbejde hårdere og mere, og før jeg vidste af det, bestod mit liv af at grave huller. Jeg brugte al tid på det. Men jeg vil ikke udelukkende beskylde dem omkring mig. Der lå også et pres fra mig selv. For jeg vidste, hvilken forfærdelig skæbne der ventede mig, hvis jeg stoppede arbejdet. Jeg ville ikke modtage flere billetter, og jeg ville miste alt, hvad jeg ejede."

Wirtsch så på Orion, der kiggede bedrøvet på den smukke og lysende sø foran dem. Hun smilede.

"Jeg ved, at jeg handlede egoistisk, Orion. Men det skulle ikke fortsætte sådan. Som ramt af lynet, vågnede jeg en dag med en ubeskrivelig klarhed. Et spørgsmål omringede mig og forlangte utålmodigt et svar: *Er vækst af billetternes rigdom lykke?* Jeg kendte svaret."

Nu kiggede Wirtsch også på søen og dens utrolige stråler.

"Det var, som om jeg indtil nu havde forsøgt at udvide min lykkes sø. Jeg havde kæmpet for at gøre den mægtigere og var villig til at gøre alt, for at det ville ske. Jeg havde fodret søen med min tid, min krop, mine værdier og desværre også planetens ressourcer.

Godt nok voksede min sø sig større, men jeg udvidede den med uforsvarlige dråber. Forstår du, hvad jeg mener, Orion? Hvis min sø af lykke skal vokse, er det vigtige, *hvordan* jeg lader dette ske. Er det på bekostning af andre og mig selv? Eller er det med midler, der er forsvarlige og anstændige? Bæredygtige og kommer alle til gode? For således må det være. Jeg indså, at lykke skal opnås retfærdigt. En dråbe, der skal udvikle sig til en sø, må selvfølgelig vokse. Her er det vigtigste bare, at dette sker med ansvarlighed og retfærdighed for dens omgivelser og omgivende væsner."

Wirtsch kiggede på Orion, og deres blikke mødtes igen. Orion så, at hendes blå øjne lignede en mindre, men fuldstændig identisk version af den strålende sø. Han var taknemmelig for ordene, hun havde delt med ham. Han beundrede hendes indsigt i retfærdighed og evne til at erkende egne fejl. At erkende sine egne fejl og acceptere, at man har begået dem, er vel noget af det vigtigste at kunne, hvis man skal udvikle sig, tænkte Orion.

"Tak," sagde han.

Wirtsch smilede til Orion. Så spurgte hun: "For hvad, min ven? Her har jeg siddet og snakket med ord, men er de overhovedet sande?" Orion kiggede undrende på hende. Hun smilede kækt, og de brød begge ud i latter.

29

Orion brød igennem søens overflade og svævede nu i dens iskolde dråber. Han var sikker på, at tiden stod stille, for imens vandets brus fra hans fald endnu omkransede ham, nåede han at tænke utallige tanker. Orion fornemmede, at han var centrummet i søen, som en pupil i et rundt øje.

Vandet strømmede langsomt omkring ham og udgjorde en perfekt cirkel. Orions øjne fulgte strømmen og opdagede, at den bevægede sig i takt med hans blik. Hans væsen havde altså en påvirkning på cirklen af vand omkring ham. Han undrede sig over, hvorfor den nu bevægede sig så hurtigt rundt. En cirkel så urolig, tænkte Orion. Han havde aldrig gættet, at der under søens fredfulde overflade herskede en sådan uro og forvirring. Gjorde der altid det? Det var, som om søens dråber havde adskilt sig fra hinanden og ikke længere handlede som en helhed. De var blevet til et uendeligt antal individer, der levede deres egne egoistiske liv, uafhængige af søens helhed. Det syntes umuligt, men det var sandt. Håbløst sandt. Dråberne bevægede sig nu hurtigere omkring Orion, og han mistede kontrol over sig selv. Nu ønskede Orion mere end noget andet, at strømmen ville stå stille. Han ønskede en balance og harmoni i de forstyrrede dråber.

Dråberne kylede ham rundt i forskellige retninger, så han blev svimmel. Det eneste Orion endnu havde kontrol over, var sit indre. Den, han jo egentlig var, tænkte han, imens hans krop væltede rundt i søens centrum.

Hvis hans væsen virkelig kunne påvirke cirklen af dråber, ønskede han at bringe den fred og balance. For i dette øjeblik var det vand, der strømmede omkring ham, ikke en cirkel. En cirkel er sammenhængende. Den er fuldendt. Og så længe dråberne agerede som egoistiske individer, kunne de aldrig blive en cirkel.

Orion ønskede inderligt at ændre på dette. Og han vidste, at kun han kunne gøre det. Trods uroen var han alligevel søens centrum. Han var dens inderste punkt, og hvis ikke troen på handling skulle starte her, hvor så? Orion lukkede sine øjne og forestillede sig en cirkel, der lyste af fred. Balance og harmoni. Dråber, der forenes til et fuldendt hav.

Orion åbnede øjnene og blev af bølgerne langsomt båret op mod søens overflade. Bruset omkring ham var forsvundet. Det samme var den vilde strøm.

Orion lå roligt i midten af den perfekte cirkel, som han havde skabt, og følte sig som en dråbe, der er en del af et sammenhængende hav.

30

Kulde og varme enes aldrig. På samme tid spejler de sig altid i hinanden. For uden hinanden eksisterer de ikke. De kan ikke betegnes i sig selv, men er afhængige af deres modsætning for at kunne forklares. Ofte spørger de hinanden, om de derfor overhovedet kan kaldes modsætninger og ikke bare brødre, der er forskellige og ens på samme tid.

Orion gøs. Han var faldet ned i planetens lysende centrum, søen. Nu stod han på stien af de hvide sten, der omkransede den, og var fyldt med en underlig følelse af at være varm og kold på samme tid. Hans krop var våd og iskold af søens klare dråber. Men hans sind var varmt og strålede med en vidunderlig klarhed. Han følte varmens og kuldens ekstremer på samme tid, og summen af de to skabte en utrolig energi i Orion. Uden at tænke nærmere over det satte han i løb og spurtede rundt om søen. Han fulgte den hvide sti langs det klare vand, indtil hans ben drejede, hvor stien skilte sig. Orion løb hurtigere og hurtigere. Blomsterne og træerne, der stod på hver side af stien, passerede han så hurtigt, at han knapt nok nåede at registrere dem. Han spekulerede på, om han nogensinde før havde løbet, og fortsatte, selvom svaret var nej.

På kort tid havde Orion løbet hen over alle stenene på planetens hvide sti og stoppede nu pludseligt. Et stort og hvidt objekt styrtede mod ham. Orion holdt sig for øjnene. Han var sikker på, at det ville ramme ham, men da han igen kiggede, var den hvide tingest stoppet netop foran ham. Orion beroligede sit hurtigt bankende hjerte og gik om på den anden side af objektet. Nu så han, at det havde vinduer og døre. Orion huskede pludselig, at han på lang afstand havde set det, dengang han ankom til den lysende planet. Det bevægede sig på en sti, der startede et ukendt sted i det fjerne og endte her i planetens lysende centrum.

Orion kiggede gennem et af vinduerne og fik øje på et lille væsen, der i samme øjeblik rejste sig. Det steg ud af det hvide objekt, lagde en hånd på det og mumlede et stille tak. Det så ikke ud til at have bemærket Orion, der havde lagt hovedet på skrå og undrede sig over, hvad det mon takkede for. Orion tog et skridt nærmere og gispede, da væsnet pludselig talte: "Kontakt. Vær taknemmelig for kontakten, Orion."

Væsnet vendte sig om og betragtede nysgerrigt Orions forvirrede blik. "Stier, der fører os omkring i livet, er værdifulde. Stier, der fører vej og leder til mål. Stier, der gør op med isolation og ensomhed." Væsnet lagde forsigtigt sin anden hånd på det store objekt, der pludselig sang en lille melodi og igen kørte bort.

"Stier, der skaber kontakt?" spurgte Orion og prøvede at forstå, hvor væsnet ville hen. Han kiggede det i øjnene og spurgte: "Hvem er du?"

"Jeg er Ino."

”Hvilken sti kommer du fra?” spurgte Orion.

Ino smilede. ”Kom,” sagde hun og fortsatte ad stien, der snart ville føre Orion til svar.

31

En verden af bobler. Isolerede bobler. Inos planet eksisterede i 9 lag. På selve planeten boede velhavende væsner, der levede med mægtige vilkår. Muligheden for forbindelse med andre væsner og oplevelser på planeten var ideelle. Planetens travle væsner nåede uden besvær deres livs mål, da transporten imellem dem fungerede optimalt. Alligevel brugte de det meste af deres tid på beklagelser og beskyldninger. For over dem svævede otte lag af bobler, der skyggede for væsnerne på planeten. For hvert lag blev boblernes afstand mellem hinanden større og isolerede dermed den enkelte boble mere og mere.

Boblerne var ikke tomme. De rummede levende væsner, hvori ulykke og sorg boede. Disse væsner levede i hver sin svævende boble og var isolerede fra omverdenen. De delte alle det samme inderlige ønske; at trænge igennem boblens vægge og komme i kontakt med det liv, de vidste eksisterede på planetens jord. De kiggede ned på planetens væsner og spurgte altid sig selv, hvorfor det netop var dem, der var efterladt til denne ensomme skæbne. Det værste og mest ubærlige var den tomhed, der voksede i deres indre hver eneste dag. Det var, som om den åd de isolerede op indefra. En tomhed, der fyldte alt. De længtes efter at bryde ud af boblerne og omfavne det liv, de kun kunne beskue.

Gennem sin egen boble havde Ino set mange isolerede blive sindssyge af længsel. Det var startet i en drøm om noget bedre. En frustration over det uretfærdige. Derefter havde det udviklet sig til aggressive bevægelser og handlinger i de indelukkende, svævende bobler. Sikkert også modbydelige skrig og ord, havde Ino tænkt, men hun vidste det ikke med sikkerhed. For hun kunne ikke høre en lyd gennem sin egen bobles vægge.

Det blev oftere og oftere, at boblerne sprang, og det ensomme og nu livløse væsen langsomt dalede mod planeten. Den eneste indflydelse, væsnet nogensinde ville få på den, var den lille plet af sorg, som det efterlod på den perfekte jord. Isolationen blev åbenbart mere og mere ubærlig, var Ino sikker på.

En dag blev hendes egen følelse af tomhed blandet med noget ukendt. En idé måske. Ino tøvede. Hun havde en fornemmelse af, at hun var i stand til at bryde igennem sin boble og komme i kontakt med den verden, hun drømte om. Troen var brudt igennem boblens ydre vægge og var trængt ind i hendes sind. Og nu var det Inos tur til at trænge ud. Med sin tro havde hun skubbet boblen ud på en vej, der skulle føre hende mod en ny og ukendt planet. Gennem boblens vægge kiggede Ino tilbage på sin fortids planet. Hun vidste, at hun gjorde det rigtige. Hun vendte sig om og blev mødt af et lys så kraftigt, at hun måtte holde sig for øjnene. Hun fulgte stien af lys. En boble, der svæver i universet. En boble, der springer og bliver et med luften omkring sig.

Ino indåndede den friske luft. Hun smilede. Den lysende planet havde fået en ny beboer.

32

Markens korn dansede for Orion, men han lagde ikke mærke til deres skønhed. Han var fyldt med en uro og tvivl og var derfor søgt mod noget velkendt. Marken, hvor han for et stykke tid siden havde mødt Pheko og Terra, var det første sted, han havde tænkt på, da han længtes efter tryghed. Orion håbede på, at den kunne kurere hans voksende uro, men de bevægelige korn gjorde det kun værre.

Det var kort efter, at Orion havde taget afsked med Ino, at et indre ubehag pludselig var opstået i ham. Hans tanker var malet mørke, og hans følelser smittede hinanden med sorg.

Imens han sad på marken og blev mere og mere irriteret på sig selv, skabte han en tvivl i sit sind. Var det overhovedet rigtigt at være her? Han savnede sin stjerne, og han følte sig fattig på argumenter for at have forladt den. Han følte sig ufattelig ensom, selvom han nu kendte flere levende væsner end nogensinde før. For det var, som om han var så forskellig fra alle dem, han havde mødt. Den lysende planets væsner havde alle fundet deres vej og nået deres mål. De fik Orion til at tvivle på, hvor hans vej førte ham hen. Og om han overhovedet var på den rette vej. Orion holdt en tåre tilbage. Eksisterede den sandhed, han ønskede at finde, overhovedet? Og hvis den gjorde, og hvis han fandt den, hvad ville han stille op med den? Sæt nu, at han endnu ville være usikker på sit mål og sin vej. Orion sukkede frustreret. Det var vel egentlig også ligegyldigt, om han med sandheden fandt sin vej eller ej. For han var jo kun en lille brik i universet, og der ville stadig være så mange andre brikker, der ikke kendte til sandheden og ikke havde fundet deres plads. For denne lysende planet var kun én ud af sytten andre planeter. Planeter, der enten ikke havde indset sandhedens lys eller ignoreret eller modkæmpet den. Og så længe der fandtes kræfter, der modkæmpede lyset, ville det så overhovedet være muligt at skabe en uendelig sandhed for alle?

Orion følte sig så hjælpeløs og lille. Han var næsten overbevist om, at han hverken kunne gøre fra eller til i det store univers. Han plukkede bedrøvet et korn og pillede det i små stykker.

"En brik i et spil," sukkede han.

Bag ham lød en rolig stemme: "Hvem?"

Orion svarede uden at kigge op. En tåre trillede ned ad hans kind, hvorefter den blev et med resterne af Orions afpillede korn.

"Kornet. Væsnerne. Måske hele universet. Jeg ved det ikke," svarede han bedrøvet.

Stemmen bag Orion tog form, og han så, at det var et lille, kønt væsen med mørkt hår og varme øjne. Det smilede stort til Orion og satte sig på hug foran ham.

"Du ser trist ud," sagde væsnet.

"Bare du kunne hjælpe mig," sukkede Orion.

"Det kan jeg. Men du må fange 3 af mine ord." Væsnet rejste sig og satte i løb hen over marken.

Orion kiggede forvirret efter det. Nysgerrig som han var, løb Orion efter det lille væsen.

"Vent!" råbte han og pustede efter luft.

Væsnet kiggede sig over skulderen, fik øje på Orion og råbte: "Tvivl."

"Den fylder alt," råbte Orion tilbage.

De fortsatte med at løbe.

"Eksistens."

"Et ubesvarligt spørgsmål," tilføjede Orion forpustet.

Han forstod ikke, hvor det fremmede væsen ville hen med dette. Men det satte farten op, og Orion fulgte alligevel efter hen over markens uendelige korn.

"Trivsel."

Orion stoppede. Han kiggede undrende på væsnet, der også stoppede og kiggede tilbage på Orion.

"Hvad mener du?" spurgte han.

"Tvivlen om eksistens påvirker din trivsel, Orion."

Han kiggede skeptisk på det smilende væsen, der med en pludselig alvor i stemmen fortsatte: "Jeg havde det selv på samme måde. *Tænk nu ikke så meget, Odimma, det betyder ikke noget*, sagde de alle. Men hvordan kunne jeg tage livet seriøst, når jeg ikke engang vidste, hvorfor jeg levede det?" Hun holdt inde og kiggede på Orion.

Han havde lagt sig ned på marken og stirrede op i himlen med et tomt blik i øjnene.

Odimma fortsatte: "Lidt efter lidt mistede livet sin mening for mig. Alt blev ligegyldigt. Der fandtes ikke et eneste væsen på min planet, der kunne fortælle mig, hvorfor vi levede, og hvorfor vi ikke lige så godt kunne lade være. Jeg kunne heller ikke finde svaret hos mig selv. Så jeg konkluderede, at livet på min planet var som et skuespil, hvor nogle spillede hovedroller, andre kæmpede for en plads, og nogle aldrig ville blive mere end tilskuere. En grådig instruktør styrede det hele og delte sjældent sit overskud med andre end sig selv og de strategisk udvalgte. Min planet var en stor komedie, og jeg havde ikke tænkt mig at spille med.”

”Hvad gjorde du så?” spurgte Orion.

”Først forsøgte jeg at overbevise de andre om, at de blev nødt til at hoppe ned fra scenen og kigge op. Finde ud af, hvor de var på vej hen. Og spørge sig selv, hvorfor de overhovedet var på vej. Smide manuskriptet fra sig og overveje, hvorfor de lydigt fulgte det hele livet. Sæt nu, det ikke talte sandt? Manipulerede eller ikke gav mening? Der bliver lydighed og tillid for alvor farligt.”

Orion så frustrationen i Odimmas blik. Han spurgte: ”Men de lyttede ikke til dig?”

”De var hjernevaskede af deres replikker. Ingen ny idé kunne trænge ind i deres afspærrede tanker. Jeg ved ikke, om det var grunden til epidemiens opståen, eller om det var noget andet. I hvert fald blev planeten ramt af en dødelig sygdom, der smittede hurtigere end et øjes blink. Sygdommens effekter var forskellige for alle skuespillets deltagere. Nogle væsner var uskyldige, og jeg fandt det uretfærdigt, at de skulle lide på grund af andres skyld. Men det var tydeligt, at andre blev ramt af epidemien som en lærestreg for deres livs handlinger. Eller rettere – al deres manglende handling.

Nogles kroppe skrumpede. De blev tyndere og lavere, og deres stemmer forsvandt. Deres øjne afslørede, at de nu havde en størrelse, der var tilsvarende det bidrag og den indflydelse, de havde haft på planeten.

Andre mistede deres hår og udviklede enorme bylder overalt på kroppen. De skjulte deres nu uhyggelige udseender bag tæpper, men jeg vidste, at dette ikke var første gang, de skjulte sig selv. De havde levet i en evig frygt for instruktørens reaktion på deres styrke. De havde tiet og gemt sig bag hans ordrer og spildt deres indre ressourcer.

Til sidst var der dem, hvis symptomer næsten var endnu værre. Få af deres legemsdele voksede sig urealistisk store. Et væsens mund voksede konstant. Den voksede sig større end resten af kroppen, og til sidst hang læberne ned over skuldrene på det. Stemmen blev så høj og skærende, at alle undgik det monsterlignende væsen, der gennem hele sit liv egoistisk havde ført sig selv frem på andres bekostning."

Orion gøs, men Odimma stoppede ikke med at fortælle.

"Jeg var det eneste væsen på min planet, der ikke blev ramt af epidemien. Over kort tid havde skuespillet forvandlet sig til en tragedie.

Overalt omkring mig sværmede syge og sindssyge væsner rundt i ring, utidige og fulde af tvivl. Ja, nu havde tvivlen plantet sig i deres indre, og de havde svært ved at håndtere den utålelige følelse. *Hvorfor er vi en del af dette skuespil?* hørte jeg dem skrige. *Hvordan ender det? Har det en mening?* spurgte andre frustrerede.

Jeg selv vidste godt, at min slutning ikke skulle spilles her. Jeg måtte forlade dem. Jeg måtte starte forfra et sted, hvor jeg ville se mening i livet. Jeg besluttede at rejse fra min planet. Og selvom jeg bar tvivlen med mig, var jeg også fyldt med et håb om, at mening måtte eksistere et sted i universet. Jeg kunne endnu ikke svare på, hvorfor alt, hele universets eksistens, skulle være bedre end intet, intet univers overhovedet. Men en ny tanke voksede i mig og var positiv over for eksistensen af alt; hvorfor skulle et så kompliceret og intelligent univers eksistere, hvis *ikke* der var en mening med det? Hvilken kraft ville nogensinde spilde energi på en så mægtig skabelse, hvis det alligevel var unødvendigt og ligegyldigt? Og hvordan kunne jeg tro, at et væsen som mig, så småt i forhold til det enorme, måske uendelige, univers kunne gennemskue, hvad dets mening var?

De spørgsmål har jeg aldrig fundet svar på. Men til gengæld har et svar fundet mig; jeg må leve mit liv i en tro på, at der findes kræfter og energier, der er større end mig, som besidder svar og mening. Stole på, at jeg ikke kan gennemskue alt selv.

Og så ikke altid leve mit liv fra universets uoverskuelige perspektiv, men fra det perspektiv, som passer mig. Da jeg zoomede ned til mit eget perspektiv, opdagede jeg, at jeg kun derfra kan skabe trivsel for mig selv og alle andre. Alle os, som jeg tror på, er en meningsfuld helhed.

33

Orion smilede til Odimma.

”Tak,” sagde han.

Hun lagde hovedet på skrå. Orion fortsatte: ”Du kunne hjælpe mig.”

”Fangede du mine ord?” spurgte Odimma.

Orion smilede. ”Hver og et af dem.”

De sad på marken i stilhed for en stund. Orion lukkede øjnene, og et billede kom til syne i hans sind:

En dybblå himmel med stjerner på. Væsner i alle regnbuens farver dansede på stjernerne. Nogle hoppede fra den ene til den anden. Latter. Midt i skønheden så Orion pludselig, at nogle af stjernerne faldt ned fra himmelen. Flere og flere. Orion fik øje på en stjerne, hvorpå et lykkeligt væsen dansede. En snor blev med ét fastbundet stjernen, og der var noget, der trak i den. Væsnet faldt ned og styrtede mod intetheden. Orion slap ikke snoren om stjernen af syne. For enden af snoren stod et væsen på en lille planet og kæmpede for at trække stjernen til sig. Væsnet holdt snoren i et fast greb, og da stjernen var tæt på planeten, førte væsnet med lethed stjernen ned i en mørk sæk, der stod ved dets side. Sådan fortsatte det. Flere og flere stjerner blev stjålet fra himmelen, og de farvede, dansende væsner forsvandt.

Orion gøs og åbnede øjnene. Han kiggede frem og spærrede øjnene op, da han så, at der foran ham stod en sort sæk.

"Jeg er i hvert fald nysgerrig efter at se, hvad der gemmer sig i den."

Orion kunne høre, at det ikke var Odimma, der talte. Han kiggede forvirret på det fremmede væsen, der sad netop dér, hvor Odimma for et kort øjeblik siden havde siddet.

"Ja, hvis du ikke kigger, så gør jeg det," sagde væsnet.

"Jamen, hvor kom du fra?" spurgte Orion.

"Jeg gad at vide, hvem af os to der er den mest nysgerrige. Noget siger mig, at det er mig. Men man kan aldrig vide. Heller ikke kan man vide, hvad der gemmer sig i en sæk, hvis man ikke har kigget i den."

Orion begyndte at blive irriteret. "Hvor er Odimma?" spurgte han.

"I sækken måske?" svarede væsnet med et smil på læben.

"Sig mig," begyndte Orion irritabelt, men væsnet afbrød ham.

"Jeg ved godt, hvad du vil sige. Og hvad du senere vil spørge om. Men hvis du ønsker at finde ud af, hvem jeg er, og hvordan min fortid ser ud, bliver du nødt til at færdiggøre det syn, der er opstået i dit sind. Dette er den mørke sæk, du så, og jeg er væsnet Pea, der engang grådigt stjal de 16 stjerner. Før du vender blikket mod sækken, vil jeg bede dig om at huske på én ting: Fred er altid mulig."

Orion kiggede på Pea, der smilede til ham. Hun nikkede hen mod sækken, og Orion rejste sig og kiggede forsigtigt ned i den. Uden at kunne gøre modstand vældede han pludselig forover og faldt ned i sækkens mørke dyb.

34

Pea smilede til nattens stjerner. Seksten lys på himmelen, der altid bragte hende glæde. I dette øjeblik lyste de klarere end nogensinde før. Hun satte sig ned på planetens hårde jord og drømte sig langt væk fra den. Drømte sig til de strålende stjerner, hvor hun var sikker på, at lykke fandtes.

Hver nat løb hun til planetens højeste punkt og hoppede efter stjernerne. Hun ønskede inderligt at nå dem og deres gyldne rigdomme; lys og varme. Men hver nat faldt hun i søvn med våde øjne og lige så fattig på stjerner som natten før.

En nat fik Pea øje på noget, der først glædede hende, men derefter fyldte hende med en enorm jalousi. De seksten stjerner, som hun kendte så godt, var pludselig beboede af fremmede væsner. De dansede og hoppede på de mægtige stjerner og vinkede ned til Pea på hendes lille planet. Hun vinkede sørgmodigt tilbage og indtrådte drømmeland med et bekymret spørgsmål; var dette retfærdigt?

Pea fornemmede en fremmed følelse vokse i sit indre. Hun følte sig svigtet. Havde hun ikke altid drømt om et liv med stjernerne? Hvorfor var dette ønske så ikke blevet opfyldt for hende, men for de andre fremmede væsner, der i øvrigt sikkert ikke elskede stjernerne nær så højt, som Pea gjorde? Hun var nu dømt til et liv i jalousi på sin lille planet, der med ét føltes uendelig langt væk fra stjernerne.

Sveden løb ned af Peas pande, men hun gav ikke slip. Snoren skar i hendes hænder, og blodet dryppede ned på planetens jord.

”For stjernerne!” råbte Pea, og hev med alle sine kræfter.

Hun væltede bagover med snoren i hænderne. Hun åndede lettet op og rejste sig for at kigge ned i sækken. Pea smilede stolt og så beundrende på den lysende stjerne, der nu var hendes.

”Hjælp mig,” skreg en skingrende stemme. Et sted på himmelen svævede et hjemløst væsen og kiggede på Pea med øjne fulde af længsel. Det var væsnet, der havde besat stjernen og så længe havde afholdt Pea fra at eje den. Hun kiggede koldt på væsnet, før hun hviskede: ”Skammer du dig ikke? Besætter noget, som var det dit, og kræver så hjælp fra den virkelige ejer. Nej, nu må du betale med tomheden, der i alt for lange tider har ramt en uskyldig som mig. Og sig mig, usle tyv, hvorfor jeg nogensinde skulle hjælpe min fjende.”

Væsnet blev mindre og mindre og svævede nu så langt væk, at Pea ikke længere kunne se det, og dermed ikke længere skulle bekymre sig om det.

Pea sad på toppen af sin sæk, der rummede de seksten stjerner.

”Jeg er lykkelig,” gentog hun for sig selv.

Hvis hun sagde det nok gange, ville ordene måske blive sande. Hun kiggede væk fra stjernernes strålen og op mod nattehimmelen. Den var sort. På samme tid så den uendelig stor og uendelig lille ud. Pea kunne ikke bedømme, om den var til stede langt, langt fra hende, eller om den omsluttede hende, og hun befandt sig midt i den. Den sorte himmel var både tom og fyldig. Pea vidste, at dette ikke var sandt, men hun kunne ikke vide, hvilken af de to modsætninger der var det. For der var intet perspektiv i himmelen. Der var ikke et eneste lys, som kunne fortælle Pea noget om nattens himmel. Der var ikke en eneste stjerne. Der var kun dette uendelige sorte, der eksisterede overalt omkring hende, eller ikke eksisterede nogen steder. Pea var ved at blive sindssyg af uvisheden. Men værst af alt var hun ensom.

"Jeg er lykkelig," sagde hun igen.

I sit hoved kunne hun stadig høre alle væsnernes skrig og råb. De råbte efter hende og bønfaldt hende om nåde. *Stjæl ikke vores hjem. Får du virkelig gavn af dette?* Pea holdt sig for ørerne. Hun vidste, hvad den næste stemme ville skrige: *Slut denne ubarmhjertige krig.* En tåre faldt ned ad Peas kind, og den salte dråbe sved på hendes blodige hånd. Hun havde startet en krig.

Men hun havde jo sejret. Hun ejede alle nattens stjerner, og hendes højeste ønske var gået i opfyldelse. Hun havde udslettet de grådige væsner, der så længe havde hånet hende. Men en anden del af hende fortalte, at dette ikke var følelsen af sejr. I øvrigt havde stjernerne mistet det meste af deres lys. Det var kun nogle af sækkens stjerner, der strålede. Pea ville ikke indse det, men inderst inde vidste hun, at hun havde været gladere for nattens stjerner, dengang de tilhørte natten. Hun havde ingen glæde af dem, når de lå i hendes sæk.

Hun rystede på hovedet og forsøgte at skubbe tanken væk. Hun var for stolt til at indrømme sin fejltagelse. I så fald, hvad skulle hun gøre ved det? Himmelen var tom, væsnerne borte og stjernerne snart døde. Inden længe ville hun være det sidste levende væsen, og så kunne det være lige meget at vide, hvad der var rigtigt, og hvad der var forkert.

Men tvivlen forlod aldrig Pea. I stedet var den i færd med at starte en krig, der skulle finde sted i hendes indre. En krig, hvis tab eller sejr ville afgøre hendes skæbne.

35

Orion landede på marken med et bump. Den sorte sæk var borte, men Pea sad stadig ved hans side. Han kiggede mistroisk på hende.

"Fred er altid mulig," gentog Pea.

Orion tog en dyb indånding. En del af ham kunne godt forstå, hvorfor hun havde handlet, som hun gjorde. Men alligevel vidste han, at hendes grådighed havde ført hende mod det onde. Uretfærdige valg havde hun truffet, set fra stjernernes og væsnernes perspektiv.

"Du var skyld i en krig," sagde Orion trist.

"Ja, krigen var min skyld. Jeg udslettede mine omgivelser. Men værst af alt var, at jeg gjorde det, selvom en lille del af mig vidste, at det var forkert. Da jeg for alvor indså, at jeg havde handlet egoistisk, fødtes en enorm længsel for tilgivelse i mig. Men der var ingen andre end mig selv til at give mig den. Jeg var alene, men alligevel var krigen ikke afsluttet. Som jeg sagde, havde jeg udslettet alt omkring mig. Først troede jeg, at jeg dermed havde sejret. Men da følelsen af skam opstod i mig, begyndte en længere og endnu hårdere krig. Jeg kæmpede mod mig selv. Det onde, der så længe havde været dominerende i mig, blev pludselig angrebet af noget godt og lyst, der også levede i mit indre."

"Jeg gætter på, at det gode sejrede?" afbrød Orion.

"Til sidst. Jeg har svært ved at fortælle dig hvordan. Det var, som om det letteste ville være at lade det mørke i mig vinde. Det var så kraftfuldt og intelligent. Jeg vidste, at jeg kunne overbevise mig selv om, at det, jeg havde gjort, var det rigtige. At stjernerne tilhørte mig og ingen andre. Jeg vidste, at jeg kunne leve resten af mit liv i en indbildt lykke og stolthed, hvis blot jeg tillod mig selv det. Hvis jeg forgiftede det gode, der langsomt forsøgte at vokse i mig. Hvis jeg undertrykte det og dermed dræbte det for altid. At lade det egoistiske i mig sejre ville være den letteste løsning."

"Men ikke den bedste?" spurgte Orion.

Pea tænkte sig om, før hun svarede. "Det egoistiske og grådige fyldte det meste i mig. Men det kærlige, tilgivende og fredelige var, trods dets lille størrelse, utrolig stærkt. Hver gang jeg gav det opmærksomhed, voksede det og forvandlede store dele af dets modsætninger til det lyse. På samme tid overbeviste det mit sind om, at det gode besad de vigtigste værdier. Jeg kunne høre det tale til mig med en stemme, der ramte hele min krop. Overalt kunne jeg fornemme dets vise ord, der roligt, men kraftfuldt sagde: *Fred er altid mulig.*"

Orion smilede til Pea, og hendes øjne strålede af fred. De var stille for en stund, før Orion spurgte: "Hvad med dine stjerner?"

"Stjernerne havde aldrig og skal aldrig være mine. Da jeg vidste, at dette var sandhed, blev jeg fyldt med en sorg og smerte. For da vidste jeg, at jeg havde begået en ond fejltagelse. Noget af det sværeste er at tilgive sig selv. Især når man er overbevist om, at man ikke fortjener det. Men den lyse stemme i mig selv fortalte, at min egen tilgivelse af mine onde handlinger var den eneste nøgle til porten, der vogtede en lysere fremtid. Så jeg tilgav mig selv. Jeg tilgav mig selv, indtil jeg til sidst accepterede min tilgivelse. I øjeblikket, hvor jeg gjorde det, vidste jeg også, at der var håb for at gøre det godt igen. Jeg befriede stjernerne fra den mørke sæk, og de svævede lykkelige mod himmelen."

"Og du følte dig ikke fattig på stjerner igen?" spurgte Orion.

"Jeg følte mig rigere end nogensinde før! For stjernernes lys boede i mig. De ledte mig mod en fremtid, hvor jeg skulle kæmpe for, at en krig som denne aldrig ville finde sted igen. Derfor rejste jeg til denne lysende planet. Til det sted, hvor fred altid vil sejre."

36

Orion var på vej væk fra den lille bakkedal, som han nu havde befundet sig i så længe. Han kiggede sig over skulderen og smilede over det glade liv, der boede deri. Han var fyldt op med oplevelser og trængte til at tænke sine tanker igennem. Orion vidste ikke, hvor hans ben førte ham hen, men han fulgte dem tillidsfuldt. De bevægede sig op ad bakkens skråning forbi rolige blomster i de smukkeste farver. Pludselig stoppede de brat. Orion kiggede op og blev for anden gang overvældet af træets storhed. Det var træet, som Orion havde set, dengang han netop var ankommet til den lysende planet. Han smilede til det høje træ med den mægtige krone og glædede sig over, hvor meget han havde lært siden deres sidste møde. Ligesom sidst lagde han sin hånd på stammen. En fremmed vind skabte en hvirvel af blade omkring Orion. Alt var sløret, men igen fødtes et tydeligt billede i Orions sind:

Et lys strålede ned på ham, så kraftigt, at Orion måtte lukke øjnene. Han fornemmede, at det kraftige lys kom fra træets krone. Orion opdagede, at jorden, der omkransede det mægtige træ, rystede og bevægede sig. Orion stillede sig forskrækket mod træets stamme og så den mystiske jord danne en brun sky omkring sig. Han kunne ikke bedømme, om dette blot var noget, han så for sig, eller om det fandt sted i virkeligheden. Lyset over ham strålede kraftigere og afbrød Orions tvivl.

Pludselig lød en enorm knirken fra det store træ, og det løsrev sig fra jorden. Orion var lammet af forskrækkelse. Træet svævede, eller også blev jorden under det sænket. Det var ikke til at fortælle. På en af træernes rødder hang Orion i luften, omkranset af en cirkel af jord. På kort tid var alt andet forsvundet, og det eneste, der var tilbage i det store univers, var et mægtigt træ og Orions lille væsen, omkranset af en cirkel af flyvende jord. Intetheden fyldte alt omkring dem.

Nu lyste et genkendeligt lys ned på Orion. Det var lyset, hvis kilde før var kommet fra træets krone. Orion klemte sine øjne sammen og fokuserede på det. Det kom rigtig nok fra træets top. Orion ønskede at nå det. Noget sagde ham, at netop dette var vigtigt. Imens cirklen af jord susede omkring ham og det mægtige træ, klatrede Orion højere op mod træets krone.

Sveden løb ned ad hans pande. Hans arme sved, og blodet piblede ud af hans hænder og fødder. Orion gispede, da en gren knækkede. Han styrtede mod intetheden i en uendelig fart. I sidste øjeblik greb han fat i træets rod, som han til at begynde med havde klamret sig til. Han måtte begynde forfra. Jordcirklen kredsede nu endnu tættere om Orion, og stykker af jord slog mod hans krop. Han vidste, at han måtte skynde sig. Han kiggede op på træets krone, der befandt sig så langt fra ham. Opgivelsen fristede.

Orion bed tænderne sammen og tog en anden vej. Han greb ud efter træets store grene og bevægede sig hurtigere og hurtigere mod træets top. Lyset blev kraftigere. Han fornemmede, at jordcirklen udvidede sig og gav ham plads. Orion blev fyldt med håb og klatrede højere op mellem kronens utallige, lysegrønne blade. Det var, som om han i dette øjeblik blev bevidst om sine egne kræfter. Som om han blev stærkere, jo højere op han klatrede. Lyset var lige over ham.

Orion indåndede den friske luft, idet han stak hovedet op over kronens top. Han måbede over det utrolige syn, der mødte ham; farver, lyde og dufte svævede overalt omkring ham. Det var, som om al den glæde, visdom og kærlighed, Orion havde oplevet i livet, befandt sig netop her.

Men han var ikke overrasket. For de vidunderlige omgivelser var tilsvarende alt det, som hans indre rum var fyldt med. På en uforklarlig måde var de lig hinanden. Han havde ikke kun klatret op ad træet mod lyset. Han havde klatret mod sit indre lys. Orion kiggede på de glitrende farver. Farver, der nu tog form som ild, luft, vand og jord. De bevægede sig imod hinanden og dannede en fuldendt cirkel rundt om Orion. Han forstod.

37

Parshi plukkede endnu en hvid blomst, imens han tålmodigt lyttede til Orions ord. En fyldig buket. De sad på bænken under træet nær Den Endelige Plads. Under Orions fortælling indskød Parshi indimellem udtalelser som "Interessant" eller "Javel", imens han nikkede.

"Jeg rejste hertil, til den lysende planet, i en søgen efter sandhed," sagde Orion. "Jeg er ikke sikker på, hvilken sandhed jeg søgte, men var sikker på, at jeg ville finde den her. At den var gemt et sted i lyset. At det var en sandhed, der skabte den strålen, som planeten er omkranset af. Og jeg er sikker på, at I har været med til at skabe denne strålen. I har kæmpet og sejret mod det onde. De forladte og tomme planeter, jeg havde set igennem min stjernes vindue, var ar fra jeres fortids kampe. Men fra de tomme planeter bragte I med jer et håb, som I plantede på den lysende planet.

Indtil nu har jeg troet, at I også ville bringe mig dette lys. Men det er der ingen af jer, der har gjort.

For lidt tid siden blev jeg fyldt med en enorm sorg og tvivl. En håbløshed. Et mørkt spørgsmål om vores eksistens. Men Odimmas tro på helhedens mening gav mig håbet tilbage. Ligesom Odimma har I alle bidraget til at vise mig vej. I har ikke vist mig eller fortalt mig om vejens mål, men ledt og inspireret mig mod det. Og jeg begyndte at forstå, at ingen af jer kunne vise mig målet, selv hvis I ønskede det."

"Hvad mener du?" spurgte Parshi og kiggede undrende på Orion.

"I kan ikke bringe mig et mål, som I ikke selv har opnået. Og I vil aldrig nå det, hvis I ikke imøde-kommer, at den ydre verden er en afspejling af vores indre verden.

Siden jeg ankom til den lysende planet, har mystiske billeder vist sig for mig. Jeg ved endnu ikke med sikkerhed, om de også har fundet fysisk sted." Orion tav et øjeblik. Han kiggede ud over den lysende planets centrum og lyttede til dens glade stemmer. Han trak vejret dybt, før han fortsatte: "Billederne handlede om cirkler. Første gang i form af flammer, der nærmede sig hinanden. De var som to halve cirk-ler, men kunne ikke fuldendes af sig selv. Anden gang på vej op ad de utallige trapper med den stærke blæst. Trapperne roterede og blev pludselig til en bevægelig cirkel omkring mig. Der var et hul i den. Tredje gang i søen som en vild strøm af egoistiske dråber. De handlede ikke som en helhed af vand og var derfor slet ikke en cirkel. Fjerde gang ved udgangen af planetens centrum, ved det mægtige træ på bakke-toppen. En arrig cirkel af jord. Urolig og usammen-hængende og dermed heller ikke fuldendt. Det er, som om disse fire billeder har forsøgt at fortælle mig noget om helhed." Orion kiggede på Parshi.

"Har du set andre billeder?" spurgte han.

Orions øjne lyste, før han svarede: "Ja, der er et billede mere. Ved træet så jeg et kraftigt lys, og jeg klatrede op for at nå det. Det var anstrængende og hårdere end alt andet. Men til sidst nåede jeg træets krone og kiggede op over den. Deroppe eksisterede det varmeste lys, som glæde i egen form. Men der var også noget andet. Ild, luft, vand og jord skabte en mægtig cirkel omkring mig. Den var fuldendt."

Parshi plukkede en sidste hvid blomst, før han stille sagde, at buketten nu var færdig.

"Pludselig forstod jeg billederne, der havde vist sig for mig. Ilden, vinden, vandet og jorden havde formet usammenhængende cirkler, som kun jeg kunne fuldende. For at fuldende dem måtte jeg erkende, at jeg, ligesom alt andet, var en del af dem. At vi alle er en del af den samme helhed. Så snart jeg indså dette, blev de perfekte. Men jeg kunne først indse det, da jeg rettede min bevidsthed mod mig selv.

Og nu ved jeg, at det er denne erkendelse, I også mangler at gøre jer, hvis I skal opnå jeres mål fuldstændigt. I har alle sytten bidraget til planetens vidunderlige strålen. Men de sytten mål har I kun opnået uden om jer. På lang afstand troede jeg også, at opnåelsen af de sytten mål i planetens ydre verden var nok til at fuldende den lysende planet. Men jeg tog fejl. Et 18. mål må opnås."

Parshi sad med et spørgende udtryk. Orion tænkte sig om. Så sagde han med en kraft og på samme tid skrøbelighed i stemmen: "Før den lysende planet kan blive lysende med al sin kraft, skal dette sidste mål opnås. Men faktisk vil jeg sige, at det slet ikke er det sidste mål, men det allerførste. Det allervigtigste og universelle. For dette attende mål bor i opnåelsen af alle de sytten andre og er kilden til, at de overhovedet kan blive og vil fortsætte med at være opnåede. Det attende mål er en sandhed, der skal erkendes.

Og nu ved jeg, at det er denne sandhed, jeg i al den tid har søgt. Og nu, netop nu, lyser sandheden klart for mig. Sandheden smiler til mig fra det attende måls magiske ansigt, og dens ord stråler dette: Den ydre verden er en afspejling af os væsners indre verden. Vores tanker, følelser og idéer, der er af god vilje, viser sig positivt omkring os. Derimod viser vores svagheder sig negativt og vil evigt medføre katastrofer, så længe kilden til dem endnu eksisterer – så længe svagheden endnu lever i os.

Skabelsen af problemerne i den ydre verden og modsat, løsningerne af dem, udspringer altså fra os selv. Alt afhænger af, om vi væsner forandrer de negative aspekter i os selv til positive. Om vi lader de positive blomstre. Indtil svaghederne i os indses og forandres, kan og vil deres konsekvenser i verden omkring os fortsat eksistere, dominere og udvikle sig.

Det er derfor, at I ikke har opnået de sytten mål fuldstændigt endnu. Fordi I har manglet bevidst at indse, at løsningen af problemet bor lige så meget i jer selv som omkring jer. For omkring jer har I jo løst problemerne. I har afsluttet fattigdom og hungers- nød. I har stoppet krig og uretfærdighed. I har endt de utallige måder at misbruge naturen på. Men det er meget muligt, at opnåelsen af jeres mål kun vil være midlertidigt. For hvis svaghederne, som engang skabte katastroferne på jeres forrige planeter, endnu eksisterer i jer, kan den samme katastrofe lige så vel opstå her. Hvis I virkelig vil opnå de sytten mål, som I hver især har kæmpet for, må I åbne døren til alt det, der bor inden i jer. I må tænde lyset til jeres rum af svagheder og forsøge at forstå dem. Acceptere, at de er der, for så en dag at tage valget om at åbne vinduet og sætte dem fri og lade deres modsatte styrker få plads.

For enhver af de sytten svagheder, der i sin tid forårsagede hver sin katastrofe på jeres forrige planeter, har en modsat styrke. Ethvert af de negative aspekter i os kan forandres til positive. Selviskhed til gavmildhed. Frygt til mod. Bedrag til ærlighed. Had til næstekærlighed. Snæversynethed til helhedsorientering. Og så videre. Altid har vi et valg om at lade den gode eller den negative side gælde og dermed udvikle sig. Altid har vi et valg."

Orion holdt inde og smilede for sig selv. Endelig havde han fundet sine ord. Han trak vejret i et lettet åndedrag, før han med et beslutsomt blik sagde: "Ja, det attende mål handler om væsnets udvikling.

Ethvert væsen må vende sin bevidsthed mod sit indre. Her må væsnet forstå og øve sig på at acceptere det, det ser. Og når livets sti tilbyder valg, hvor enten væsnets svaghed eller styrke kan få lov at dirigere retningen, må det øve sig på at vælge styrkerne. Lade det gode udvikle sig. Således vil det blive en del af den positive udvikling af verden. Og således vil de sytten mål opnås fuldstændigt.”

Orion tænkte sig om, og noget inden i ham fik lyd. ”For det gode,” sagde han, ”det gode, som bor i os, og som vi til vores egen fordel kan ønske at stræbe efter, viser sig jo ikke kun at gavne os selv i sidste ende. Det viser sig i endnu højere grad at gavne dem og det omkring os, helheden.

Når vi arbejder for at opnå det attende mål ved at forandre vores indre svagheder til deres modsatte styrker, må vi også erkende den sandhed, der i målet bor. Sandheden, der med klareste lys udstråler dette: Vi kan kun skabe og vedligeholde lighed, frihed og kærlighed på den lysende planet, når vi øver os på at handle som om, undersøge hvordan og til sidst erkende, at vi er ét.”

38

Orion sad på et blomstrende tæppe nær planetens lysende centrum. Omkring ham var lysegrønne spirer på vej mod himmelens lys. Orion prøvede at begribe en følelse, der i dette øjeblik fyldte det meste i ham; han følte det, som om han havde rejst og var ankommet til sin destination. Han var lykkelig over at være nået frem, men samtidig også mættet af den lange rejse. En følelse, der både rummede glæde og forståelse. En forståelse for fødslen af glæde. Orion smilede og lod sit lys forene sig med luften omkring ham.

"Orion, kære himmelhyrde, kære sandhedsjæger," kaldte en stemme pludselig bag ham. Det var Parshi, der stod på Den Endelige Plads og vinkede. Orion lo og vinkede tilbage. Så fik han øje på planetens væsner, der nærmede sig Parshi i flok. Forrest gik Chunlian. Orion mente, at hun udstrålede en visdom som en stærk begyndelse, der bar nuet ind i en lysere fremtid. Lige efter hende fulgte to grupper ganske naturligt. I den ene gik Havar, Raven og Pea med gode, sikre skridt. I den anden gruppe, hvor muntre stemmer blæste som en frisk vind imellem dem, gik Lima, Matu, Sahar, Ino, Nuki, Terra og Tahi. Efter dem gik Wirtsch med et stort smil. Hun kiggede tilbage på Pheko, Bhoukh, Agua og Odimma, der bevægede sig så let, at det lignede, at de blev båret fremad af en usynlig tråd forbundet til de mange væsner foran dem. Da alle den lysende planets væsner var nået frem til Den Endelige Plads, så Orion, at de alle rettede blikket mod Chunlian. Hun holdt en sten i sine små hænder og sendte Orion et kærligt blik. Han rejste sig og gik de mange væsner i møde.

Stenen blev placeret imellem de sytten andre farvede sten på Den Endelige Plads. Den udfyldte det betydningsfulde hul, der indtil nu havde eksisteret i cirklen. Når flammernes lys strålede på den ankomne sten, kunne Orion se dens magiske farve, der næsten strålede af storhed; en klar lilla, der skinnede på Orion som en lysende stjerne. Han skinnede tilbage.

Planetens sytten væsner, der havde stillet sig foran hver deres sten, kiggede afventende på Orion. Roligt, men målrettet bevægede han sig tættere på. Nu stod han bag ved den lilla sten og kunne mærke sit hjerte banke. Orion smilede taknemmeligt til de mange kærlige blikke omkring ham. Hans øjne udstrålede en stærk beslutsomhed. Så tog han en dyb indånding og gik det sidste skridt, der førte ham foran den attende sten. En fysisk stilhed levede, for intet fysisk ord kunne beskrive dette øjeblik. Men på et indre plan var der alt andet end stille. I flammernes lysende skær løftede planetens sjæle deres hænder og tog hinanden i hånden. Med ét blev alt hvidt. Bålet udsendte de utroligste flammer, der rummede så meget varme og lys, at øjet ikke kunne tåle at se det. Som en livlig blæst spredte flammernes strålen sig mellem de atten væsner, og de blev alle fyldt med den samme uforklarlige følelse.

I dette øjeblik var de alle forbundne. Ville for evigt være det. Alt det liv, der udfyldte deres fortid, eksisterede i deres nutid og ville skabe deres fremtid, smeltede sammen til ét. De blev en helhed.

Planeten strålede med en sådan varme, at den gavmildt glædede dens beskueres udviklende tilværelse. Et sted i universet blomstrede og lyste den visere dag for dag. Den udstrålede en kærlighed i det klareste lys, der skinnede så oprigtigt, at enhver med ét bevægede sig tættere på sig selv. Blot ved synet af den. Ved nærmere undersøgelse opdagede man, at et sandhedssøgende eventyr lå bag planetens vidunderlige strålen. Et eventyr om et indre lys, der fuldendte den lysende planet.